心之声乐

邹安音 著

中国出版集团
现代出版社

图书在版编目（CIP）数据

心上青居/邹安音著. --北京：现代出版社，2017.7
ISBN 978-7-5143-5845-2

Ⅰ．①心… Ⅱ．①邹… Ⅲ．①散文集－中国－当代
Ⅳ．①I267

中国版本图书馆CIP数据核字（2017）第162723号

心上青居

作　　者	邹安音	
责任编辑	李　鹏	
出版发行	现代出版社	
地　　址	北京市安定门外安华里504号	
邮政编码	100011	
电　　话	010-64267325　010-64245264（兼传真）	
网　　址	www.1980xd.com	
电子邮箱	xiandai@vip.sina.com	
印　　刷	北京一鑫印务有限责任公司	
开　　本	710×1000　1/16	
印　　张	13	
版　　次	2017年7月第1版　2022年7月第2次印刷	
书　　号	ISBN 978-7-5143-5845-2	
定　　价	39.80元	

亦柔亦豪抒真情

（代序）

◇ 邢秀玲

　　我是在《重庆晚报》群英荟微信群认识安音的。去年春天，她的一篇散文《春到九龟山》打动了我的心，虽然是最常见的游记，但文笔婉丽，内容鲜活，写得从容自如，浑然天成。自此，我开始关注这位活跃在重晚副刊群的女作者，她也加了我的微信，不时发来我喜欢的散文精品和中外名曲，可谓心有灵犀，情趣相投！

　　安音和许多爱美的女作者一样，微信头像换得很勤，最初见到的头像很特别，是一幅坐在江畔巨石上的侧影，戴一顶款式新颖的浅色草帽，仪态优雅，气质娴静，浓浓的书卷气息扑面而来。到了夏天，又是一袭粉绿长裙，恰似一株细柳摇曳多姿；金秋季节，刚从西藏采风回来的她，换上了一件紫色藏袍，宛如一朵格桑花明媚鲜艳；冬天的冷雨还在飘洒，她身着白色衣裙，站在蔚蓝的海边，携来了远方的椰风蕉雨……无论春夏秋冬，也无论浓妆淡抹，秀气的脸上总挂着温婉的笑容，给人一种"邻家小妹"般的亲切感。在讲求颜值的当今，安音的形象很能赢得人缘、聚得人气，即使不搞文学创作，在别的领域也肯定是一位成功女性！然而，这位外貌和心灵俱美的女子，偏偏爱上了写作，缪斯注定对她青眼相加，让她翘楚一方。

　　20 世纪 70 年代初，安音出生在闻名中外的"石刻之乡"大足县邮亭镇天堂村，故乡的奇山异水赋予她与生俱来的灵气，乡村田野的一草一木、一花一叶，都是她眼中生动的风景，小学时代的作文就成为老师给全班同学朗读的范文。初三那年，全校举行了一场作文比赛，题目是《一件难过的事》，她想起了英年早逝的父亲，仿佛父亲又在风里去雨里来，为村民们东奔西走，忙前忙后……她含泪写下了《山梁上，又见桐子开花一朵朵》，获得了年级一等奖，赢得了全校数百名同学羡慕的目光，也把一颗文学种籽植于她稚嫩的心田，经过多年的孕育，终于生根发芽，开花结果了！

安音的成长并非一帆风顺，意外的变故接踵而来，先是父亲早逝，几年后，家中的"顶梁柱"二哥又被一场车祸夺去了年轻的生命。他是安音的文学领路人，也是大足县的劳动模范，各方面都堪称出类拔萃，正当幸福来敲门之际，却瞬间血染黄土，阴阳隔绝……巨大的悲伤灼痛了安音的心，她用颤抖的手，流泪写下一篇题为《春祭》的文章，多年之后，这篇作品和另一篇《情牵蒲公英》被湖北教育出版社收在《心灵物语》丛书中，成为中小学生课外读物。

大学毕业后，她在大足弥陀中学当了两年教师，在简陋的宿舍里，她利用业余时间伏案笔耕，废寝忘食，一篇篇变成铅字的作品带给她安慰，也让她敲开了新华社重庆分社《重庆青年报》的大门，成为一名媒体记者。从此，她得到了在更大的平台展示才华的机会。当《海棠香国：难忘那山、那水、那情……》获得重庆市大足区全国征文一等奖时，当她和姐姐邹安超同时站在领奖台上时，当她代表获奖作者发言时，她又一次想起了才华出众的二哥，不禁无语哽咽……可以告慰的是，哥哥的文学梦正在她们两姐妹身上得到延续，变成了现实，这正是对九泉之下的父亲和哥哥的最好回报！

或许是安音如今从事旅游宣传工作之故，我从微信看到，她的足迹遍布全国各地，时而在沿海推介南充旅游景点，时而在故乡组织征文活动，时而又在沿着大运河一路考察、一路记录……在忙碌紧张的本职工作之余，不忘初心，坚持写作，一篇篇活色生香的文章在她笔下应运而生：塞北的冰封雪飘，江南的烟柳画桥；西藏的蓝天白云，东海的红日碧浪；还有大理的风花雪月，阆中的澄江翠峰；洛阳的灼灼牡丹，长安的悠悠古风……都化作了清泉般的文字，特别是长篇散文《流过心上的大运河》倾注了作者的一腔深情，成为《心上青居》这簇缤纷花束中最惊艳的一朵！

难能可贵的是，安音不仅怀有一颗痴爱祖国山河的赤子之心，而且具有一副为朋友两肋插刀的侠肝义胆！有这样几件事让我动容：去年夏天的某个晚上，在重晚副刊群看到安音的一条微信，云南《红河日报》的一位朋友，他的孩子突发疑难重症，当地医院无法诊治，建议送到重庆市儿童医院就医。她询问有无群友可以联系儿童医院？群友汪渔答应帮忙。于是，患儿家长星夜赶到重庆，住进了市儿童医院，赢得了宝贵的救治时间。

去年秋季，安音赴西藏昌都市尼巴村采风，发现这里出产的核桃大量积压，运不出去，阻碍了牧民脱贫致富的步伐。回来后，她主动联系南充市的爱心人士彭小平，又设法租到货车，从遥远的尼巴村运来核桃，亲自卸货送货，东奔西走，经过数日忙碌，终于将5000斤核桃推销出去，又将卖得的56560元现金打到尼巴村村长扎西顿珠的账户上，认真细致，一丝不苟。

2017年2月14日，是一个黑色的日子，就在这个"情人节"的深夜，重庆九龙坡区作协副主席王元琼女士和她的丈夫，因一起突如其来的车祸，双方殒命桃花溪，留给文友们太多的遗憾和痛惜！安音和元琼是鲁迅文学院第五届西南班的同学，情谊甚厚，悲痛难抑。她一面组织鲁院同学悼念元琼诗歌的专辑，一面倡导成立"种子助学基金善款"，经过几天的努力，捐助的善款已经逾万元，准备全部做为元琼夫妇14岁儿子的学费，让这位失去双亲的孩子感受到世间的真情！这种急人所难、悲天悯人的精神，值得我们每一个人仿效和学习！

还有很多类似的义举，限于篇幅，我就不再一一罗列。这些岁月遗落的五色花瓣，铺撒在她40余载的人生路上，伴随着追逐文学梦的足迹，延伸向遥远的前方……

最后，我衷心祝愿安音，坚守理想，不畏艰险，攀登更加峻峭的峰峦，领略更加壮阔的风景，收获更加丰盈的果实。

（邢秀玲：中国作家协会会员，中国散文学会理事，重庆市散文学会名誉会长）

目 录 CONTENTS

○ 嘉陵江之恋

○ 蜀道雄魂

○ 江河神韵

放歌西部

FANGGE XIBU

神奇西部　醉美雪山

　　祖先的脚步一直在顺着水边走。长江上游出土的元谋人牙齿化石，距今约170万年；黄河中游出土的蓝田人头盖骨，距今约70万年。灿烂的远古文明，仿佛一颗璀璨的明珠，在华夏史册上熠熠生辉。

　　神奇美丽的西部，从白雪皑皑的青藏高原，到山水甲天下的阳朔桂林；从塞上一望无垠的大漠深处，到关外野旷天低的草原明珠；从巍然雄壮的大秦岭，到逶迤起伏的哀牢山……广袤无垠的西部，纵横东西，贯通南北。她一如九天神女，持彩练当空而舞，长江黄河从这里起源；她以山为骨，以水作魂，华夏文明在这里开先。绚丽多彩的文化辉映了这里的雪山、草地、江河、大漠……马头琴声响，川江号子吼，信天游儿唱……多彩的西部，神奇的西部，世界为之瞩目。

　　我一直梦想着自己能变成一只展翅高飞的鸟，飞过雪域高原，飞过江河险滩，飞过大漠戈壁……直至飞越时空的隧道，把历史和现代交融。

　　我静静地匍匐在世界屋脊的脊梁上，用鹰隼般的眼鸟瞰着西部。我丰满的羽翼下蕴藏着大地的神奇和激情。我看见千年的冰川和圣洁的雪峰，它们在明亮的阳光下歌唱微笑。于是从青藏高原唐古拉山脉各拉丹东和巴颜喀拉山北麓的约古宗列盆地，有涓涓细流缓缓流出，这里就是母亲河长江和黄河的发源地。天空的骄阳灼热了我的眼眸，黄河的涛声惊醒了我的魂灵。我腾空而起。我奔着布达拉宫、兵马俑的雄壮神秘而来；我与敦煌的飞天擦肩而过；我正向荒漠沙海飞去；

我穿越三北防护林的底部，衣襟滴沥着英雄的热血。我飞过茫茫戈壁和绿绿草原，只把那声声驼铃和马头琴声播扬到天际。长江的浪花拍打着我的翅膀，牵引着我的魂灵穿过雪域高原，在五彩经幡的飘扬下，在藏族阿妈转动的经纶中，它纳溪成河、汇流成川，东流而下。它一路欢歌着，蔑视着一切艰难险阻，从虎跳峡纵身跃下，在云贵高原间留下一串悦耳的音符；在川西平原留恋踟蹰，深情回望，散落一串碧珠后，终又作别，扑进海的怀抱。

因向往一片碧草茵茵的芳草地，更为了传说中伸手可触的一朵云，抑或是追寻梦中的香格里拉，我飞奔向川西高原。

一条流动的车队风景线晶亮了我的眼眸，那是从成都，过雅安，至天泉的川藏线。四围峰峦如聚，山涧泉流潺潺。川藏线不孤寂？还不时有勇敢而执着的驴友闪过，只留一身被汗水浸湿的背脊，让人仰望和赞叹。他们的一路风尘被轻轻抖落在了这山里、这水中。我把心灵栖息在了那崖畔的绿枝头，当高高的二郎山拂过我的翅膀，但见氤氲的雾岚袅袅弥漫了山峰，也化作一汪澄澈的泉水，我不禁疑惑：这里便是传说中的仙界吗?!

翻过二郎山，一阵和着酥油茶奶香的高原风扑面而来；一位黝黑的康巴汉子赶着小牛犊，生动地诠释着高原红的底色；一抹橘红的夕晖抹遍了群山，黄昏的天空澄碧如洗，却有一朵朵飘浮的白云，莲花般盛开在山尖，闪耀出夺人心魄的美色，令人心惊。我浑身的细胞鲜活灵动起来。是藏族阿妈转动的经纶唤醒了我的高原梦？还是绚丽的格桑花晶莹了我的眼眸？醉卧于木格措的花海中，不远处传来阵阵松涛声，似在述说着一个永远浪漫动人的传说；溜溜的跑马山上，洁白的云在飘浮着、幻变着，彰显出仙界的美妙和绮丽；远处的贡嘎山，积雪皑皑，闪耀着圣洁的光芒；一只苍鹰突然掠过上空，斜飞的翅膀，便抖落了一个绚丽的梦，让我不能自己。是康定情歌木格措湛蓝的海子沐浴了我的心灵！是神秘的藏传文化震慑着我的心魄！在山之巅，在海之角，我虔诚地掬起一捧雪山圣水，只觉心在那一瞬间坠入如玉的深潭，变得是那样的洁净和温润。

一阵悠扬的羌笛声和铿锵的羊皮鼓音传来，吹动了我心灵的湖泊：如此的天

籁之音，是经过雪山圣水洗涤过的吗？我知道：在那离天很近的地方，在逶迤连绵的雪山之间，有一个古老的民族——羌族。

这是北川地震后五龙寨羌民祭山前夕的一个晚上，这个夜晚欢乐而神圣。我戴着用采来的羊角花编织的高山花环，正目不转睛地盯着一只羌民们精心挑选出来的雪白山羊。山羊系在寨中树下，角上系着红布条；一坛已经开启的砸酒，飘溢出淳美的浓香；篝火熊熊燃烧起来了，这边，羌族小伙子们用力舞动手中的火龙，粗犷而豪放；那边，一对青年男女突然亮开嗓子，绵绵情歌对起来；几个羌族老人不甘示弱，手敲羊皮鼓，铿锵的鼓点响起来；少女们羞赧着脸上场，为远方的客人斟上美酒，熊熊的火光映红了娇媚的脸庞；欢快的沙朗——羌族人的锅庄，搅热了五龙寨。无论你来自哪里，不管你操着何方口音，吃着烤鸡，喝着砸酒，人间的纷扰和喧嚣已不再，心灵仿佛已经泊进了一个宁静的港口，只想就这样静静地随着优美的舞步旋转、旋转、旋转……和着悠扬的笛音，绵绵青山也跟着欢乐起来。

五龙寨的"祭山会"主祭点选在小寨子沟入口的林中举行。翌日十时许，祭祀队伍由释比领头，从寨中出发，依次祭拜家神、树神等。数百人浩浩荡荡奔向主祭场。

到达主祭场地，围绕天神塔进行祭祀活动，释比诵经，恭请主宰万物的神灵，众人恭候神灵的光临。天神塔的白石成为雪山的象征。

小寨子沟入口处，早有羌民支好三口大锅，只等祭祀神灵的山羊煮熟分享。经受神灵领受的羊肉，成为可以消灾纳福的圣品。

一个羌民把煮熟的羊肉让我品尝，我内心不禁一颤：他们才是大山的魂魄，赋予大山生命与色彩，给远方客人带来欢乐和幸福！那悠扬的羌笛声声，那动感的沙郎舞步，还有漫山遍野的羊角花……这个人称"云朵上的民族"，他们一如既往地这样坚强地生活着，只因雪山圣水已经注入他们殷红的血脉。

我踏着长江纤夫的脚印而来。

滚滚长江东逝水。她从雪山走来，又奔流到海。走进长江，就仿佛触摸到了中国大地激越跳动的脉搏；走进三峡，就真切地感受到一颗炽热的心早融化在了那奔腾的江水里——这是祖国殷红的血液呵；走进秭归故里九畹溪，如入天上瑶池，更像走进一幅秀丽的天然画卷，她衔接着浩荡的大江，在远山深处静静地发出异彩。她还是一个妙龄的少女，是那样的内敛和含蓄，只把两岸黛绿的山和清澈的水，牵扯你的魂魄。九畹溪那旖旎的山水、那竞渡的龙舟、那俏皮的猿声、那神秘的悬棺……撼动着我的心魄！当年，屈原曾在这里植兰养性，兰草那幽幽的馨香，至今还浸润着我的肺腑。穿越时空的隧道，我听到了一声仰天的长啸，看到一个虬须鹤颜的老者踽踽而行于沙岸——路漫漫其修远兮，吾将上下而求索！那是屈原的声音，一个赤子的呐喊，他惊裂了九畹溪深处的崖壁，出现了罕见的人间奇境"问天"地缝；在地缝的尽头仰望天空，遮天蔽日的山峰形成一个巨大的"？"，仿佛在见证屈原的问天简！当大型水上舞台剧《礼魂》真实地再现时，当演屈原演了大半生的艺术家王群海仰天长啸时，听他悲情演绎《离骚吟》，屈原就那样真实地出现在我们面前。一声声招魂曲，招回活化的屈原；一句句离骚吟，唤醒千年的梦想。

我的目光伫立在江中孤岛白帝城。走过风雨廊桥，走过石梯，凭依夔门，倾听滚滚的长江水，滔滔不绝地述说着白帝城的历史。

"朝辞白帝彩云间，千里江陵一日还……"每当咏怀这句诗，我就惦念诗意的白帝城，它已经根植进我的灵魂。李白、杜甫、白居易等都翩然而来，挥毫泼墨间，早有名句诗化白帝城，让这里熠熠生辉。是那"无边落木萧萧下，不尽长江滚滚来"的豪迈，是刘禹锡那"白帝城头春草生，白盐山下蜀江清；南人上来歌一曲，北人陌上动乡情。"的温婉，是《三王碑》中"鸟中之王"的凤凰、"花中之王"的牡丹、"树中之王"的梧桐，是《竹叶碑》中的五言绝句："不谢东篁意，丹青独自名。莫嫌孤叶淡，终久不凋零。"让这里的每一棵树，每一片叶，都充满灵气和诗意，都显得光滑和鲜嫩，仿佛每一片叶子都是一首诗，每一块石头都在叙述这一段历史。

是的，神女若无恙，当惊世界殊。俯瞰足下，碧波浩渺，高峡出平湖！在这

座世间最美的山峰上，多情的神女用最深情的回眸，风干了我所有的汗水和泪雨。深深叩拜你，这世上最多情最美丽最善良的女子！你顶风沐雨，在这流淌着中华血脉的浩荡长江边，千年复一日地、把中华民族生生不息的坚强精神，向世人永久展示！

山间铃响马帮来。我飞过壮乡的歌声，苗寨的多情，我飞越时空，走进历史的隧道。我看见川西南方丝绸之路的隘口——平乐古镇，那里是司马相如和卓文君私奔的地方，那里是绝版的清明上河图，这里更是梦里的水乡——平沙落雁。午后，暖暖的阳光慵懒地照着古镇，那穿城而过的小溪流便波光粼粼，闪耀着熠熠的光辉，一如古镇的一片瓦，一块砖，抑或耄耋老人脸上的微微笑容。竹排顺流而下，流淌出的是浓浓的水乡情。无论是在古榕树下喝茶的，还是在古色古香店铺里忙碌的，还是在青石铺就的街道上行走的，无不在找寻着一种久违的记忆，一种曾经的感动。跟着远行的马帮，我行走在茶马古道。丽江，玉龙雪山下，拉市海。我向着纳西族居住的村寨行进。

到达村寨。一黝黑脸庞的中年男人挡住去路。这是纳西族的村长。我要走茶马古道，需要骑马到拉市海（丽江海拔最高的湿地公园）去。村长在具体负责安排马匹骑行。

"留一个美女下来，所有费用全部免除！"村长狡黠地笑着，随即一把扯开胸前的祆子，上书一特大招牌："一夜情，招聘处女！"我爆笑。村长随即掏出"身份证"——处男证！我又爆笑。"几点回来？"我看表，村长说：你的不准！说罢一捋袖口，要亮出自己高价进口的手表。我凑上前去，村长自己干脆在手腕画了特大一块手表！

纳西族的人是幽默而乐观的！他们远离纷繁的尘世，山间清新的风拂去了尘世的纷扰和尘埃，心灵是诚挚而炽热的。我看见牵行马匹的大叔一路积极地为游客讲解，请他帮忙照相时，他很尽力地，努力地抓拍每一个镜头。走在最前面牵马的纳西族妇女，一时兴起，大声唱歌，引得游客一阵喝彩。走进拉市海，看飞鸟在海面盘旋，看村民在山地采摘苹果，我不禁引吭高歌：远处的玉龙雪山能听见，飞翔的海鸟能听见……远古的马帮，你们也听见了吗？

穿越古丝绸之路和茶马古道，仿佛走进历史的时空。纳西的古乐，刺绣、剪纸、丝绸、茶叶、岩画等民间艺术和宗教艺术等犹如一个巨大的民族民间文化艺术宝库，连同那巍峨的高山和奔腾的江河，都在这片雪山的辉映下，熠熠生辉，直到永远！

我静静地栖息在世界屋脊上。在鸟的翅膀上，所有的梦想都沉沉溅落在每一寸浓着青春故事与传说的土地上，是啊，万类霜天竞自由。西部预言，震撼着你我。西部的召唤，扬鞭跃马。是的，西部，到处都闪耀着华夏文明的金光，还有绝美的世间风景。在我飞翔的每一天，我都被深深地感动着。看到雪山之间那些五体投地，匍匐跪拜的虔诚的圣朝者，我在苦苦地思索，是什么力量驱使他们历经几千里的风餐露宿、狂风暴雪，即使他们经受着千般磨难、万般辛苦，也要千里迢迢地一路跪拜求佛。这难道不是一种精神的信仰吗？是一种凝聚的力量，是伟大民族在气候极恶劣，物质极匮乏的高原雪域上世代生活，伴着风雪谱写着民族文明的精神颂歌，他们才是最美的风景！

情动洱海：那一场风花雪月的浪漫

曙色微露，星火渐褪。天际一抹金色的光亮涂抹了黎明，我的视野渐渐清晰而生动：天空一碧如洗，群山辽远苍翠，鲜花姹紫嫣红……正值金秋，当旅游专列缓缓驶进云南大理车站时，天边那抹金色的光芒也同时辉映了我的心灵：大理，我的梦，我来了！

秋风劲吹，很冷。我裹紧了从昆明买来的天蓝色披风，衣袂飘飘地走出了站台。上关风，下关雪，苍山花，洱海月。大理，中国最浪漫的地方，你是那样牵动着我的神经，让我千里来追梦！

还有暮色。但是在晕红的朝晖中，苍山十九峰如玉屏般横陈开去，逶迤出无限的遐思和多情。更有关口傲立的风车俯瞰着群山，在不停地旋转、旋转……有一个美丽的传说，相传有一个书生与一个姑娘相爱，引起了南诏国王的不满，就命罗荃法师把书生打入洱海，姑娘为救书生向观音菩萨要了6瓶风，想让大风把海水吹干，救出书生。谁知姑娘将风瓶背到了天生桥时，不小心跌了一跤，一下子打碎了5个风瓶，所以风全聚在了那里。下关因此一年四季风吹不断，冬季风势尤为猛烈，有名"风城"。其实，我仿佛听见了风车们"吱呀吱呀"的呼唤，犹如天籁，震颤了大地的耳膜，也激灵了我的心湖；上关的风，或者轻轻柔柔，或者浩浩荡荡，那样的丝丝缕缕，牵引着大理的思绪，吹皱着洱海的一湖秋水！

秋水共长天一色。天空蔚蓝辽远，一如水洗般明亮、透彻，朵朵白云飘浮在浩瀚无垠的天宇，深情地凝眸着那远山和近水。蓝蓝的天和青青的山投影于翠湖，描绘成一幅立体生动的画，我瞬间成了画里的人儿。洱海张开宽阔的胸襟，脉脉地拥我入怀。游船势如破竹，直刺向海之深处，这袒露于高原之上浩淼无边的湖，不禁令人遐想万千。身后翻卷起朵朵晶莹洁白的浪花，也淋湿唤醒了我远行而来疲惫的心情，便感全身的细胞都是鲜活的、激动的。但最清新、最真切的感受，是来自身边。听着洱海那个经典的故事和传说，不禁肃然起敬天宫那位美丽善良的仙女，她不但私自下凡与渔民青年成婚，还把随身携带的宝镜放入海底，助渔民打到更多的鱼，以至于宝镜在人们心中变成了海底的金月亮，积淀成洱海月撩动世人的情怀。品茗着白族姑娘送来的三道茶，我思想游离到了幻梦中，洱海是一床柔柔的棉被吗？我就是那新生的婴儿，自由自在地在它的八景梦乡里遨游，随同那轮金灿灿的月亮在海中飘摇！

皎洁似水洱海月。融融月华辉映着青翠葱郁的苍山，托举出云岭山脉的主峰，逶迤出孔雀般美丽的十九座玉屏。其间渗出的十八溪清泉，潺潺而过大理的肌体，流经古城的千家万户，滋养哺育他们后注入洱海。山顶的皑皑白雪闪耀着圣洁的光芒，映照着一位白族金花妹妹高贵的灵魂。相传古时候一瘟神来到大理坝子，一家兄妹俩为解救村民便到观音处学法，后施法把瘟神赶到了苍山顶上让大雪冻死他。为了使瘟神永不再生，妹妹就在苍山雪人峰上变成雪神，从此苍山才有千年不化之雪！山间的白云时舒时卷，变幻无穷。大理故事中著名的望夫云就痴情地守望着洱海，玉带云则缠绵悱恻地相拥着苍山，它们演绎出一个个温婉多情的浪漫故事，如同苍山四季盛开的美丽鲜花，据说云南的八大名花（山茶花、杜鹃花、玉兰花、报春花、百合花、龙胆花、兰花、绿绒蒿）都能在苍山找到其踪迹，它们装饰着每一个来到这片土地的人们，也抒写着大理风花雪月的美好诗行。

诗之魂是苍山的蝴蝶泉。融融月华晶亮了泉水，美丽了金花妹，英俊了阿鹏哥。正是月上柳梢头，人约黄昏后的销魂时刻，他们从凤尾竹的深处走来，转过一块留有郭沫若墨宝"蝴蝶泉"的大理石碑，沉浸在徐霞客的那段关于蝴蝶奇

异景象的日记幻梦中，在这个象征忠贞的泉边，丢个石头试水深的同时，早把两颗炽热的心相印在泉中。"迷离蝶树千蝴蝶，衔尾如缨拂翠恬。不到蝶泉谁肯信，幢影幡盖蝶庄严。"如此奇特的蝴蝶盛会和美妙的爱情相会，谁会不神往?!登上泉后的望海亭，极目那山，那塔，那村庄和洱海，又怎能不动容和动情?!

凝听十八溪泉水的淙淙之音，徜徉在满是诗意的古城，踩在黎青色的青石街面上，眼光掠过青瓦屋檐和鹅卵石堆砌而成的墙壁，抚摸着廊檐下那口布满青苔的老井，里面盛满的是苍山的泉和向往着洱海的浪：水之轻盈和灵动，也流淌出南诏古国浓郁的风情，韵化出大理古城妙曼的身姿。接过阿婆手中还氤氲着热气的牛奶卷饼，从一条条漫天而舞的蜡染民族披风下蓦然回首，凝视眼前擦肩而过的不同肤色不同民族的人们，从洋人街到博爱路到人民路，穿过九街十八巷，我触摸着大理古城的丝丝脉络，用心灵体验着这座古城的行进步伐。

是夜，抖落历史的尘埃，在《希夷之大理》优美的舞台画面和幽深的意境中，我缓缓摊开一段古国的羊皮卷，穿越时空和地界，穿越山川和草木，在大理古城的一隅，探寻着南诏故地风韵，悠然品茗巍山的空灵和秀美，神游那千古卓绝的爱情故事和一眼阅尽的风花雪月，仿佛听一位智者无言的述说，我深深迷醉在南诏风情的洱海湖畔。

海浪声声，佛音渺渺，烟火袅袅。大理古城北，魏然屹立着大理南诏时期著名的王家寺院崇圣寺。放眼望去，拥有三阁、七楼、九殿、百厦之规模的这座著名佛都，建筑群起伏跌宕和错落有致，显得气势磅礴。它以宏大的建筑规模和精湛的建筑工艺将静态的佛教艺术与动态的佛教文化相结合，与古老的三塔、重建的南诏建极大钟、雨铜观音像一起，成为全国最大、世界著名和东南亚最具特色的佛教寺院，再现了当年"灵鹫山圣地，妙香国佛都"的盛况。

古城西北的大理三塔，守望着苍山，凝眸着洱海。他像一位饱经沧桑的老人，见证着华年的流逝和古国的兴衰和荣败。他感叹着世事的无常，只在一世世的轮回中固守着心底的故事。妙香佛国第一寺的光芒，一如下关的雪和洱海的月，铭刻着大理佛国的历史。入得寺来，见人虔诚地一步一叩首，朝拜着心中的圣地。便觉心灵如沐清泉，顿时释然。夕阳下，洱海边，一个温馨浪漫的画面也永久叠印在了我的心壁：一对远涉重洋的加拿大夫妻，千里迢迢来到大理，花三千元一月的人民币短期租借了当地居民的房舍，每天最浪漫的时刻就是在傍晚骑自行车去湖边吹风！他们在这里流连踯躅寻找东方古韵，成为一道别致的风景。

山之涯，海之角。铃儿声声响，牵动了马帮人的脚步，也惊醒了黎明的双眼，古驿道张开有力的臂膀，挺起胸膛，接纳着西行的汉子们，留下这片土地的雄浑与神奇。走过滇藏茶马古道上的重镇——大理，走过大理州境内的鹤庆、云龙、巍山、剑川等驿站，那一年的马帮早已远去，在渐渐模糊的古道上，只见乱红盛满深深的蹄窝，一年又一年……

沧海桑田，历史远去。今天三月街的人潮歌海，农历六月二十五火把节的狂欢、腊月农家喜宴上掐新娘的乐事、四月下旬绕三灵的俗美、八月十五将军洞庙会"找个敌人当本主"的包容，以及开海节的歌舞升平，剑川石宝山歌会的千年流芳，还有葛根会、花灯会、蝴蝶会、渔潭会、花朝节……一方水土养一方人。物华丰宝的洱海，成了白族祖先的发祥地和摇篮。这个崇尚白色（象征圣洁高贵）的民族，却世代创造着五彩缤纷的历史文化、农耕文化和饮食文化等。苍山下，洱海边，白色的村寨依次，透过大理民俗民风的格子窗，我看到的是白族儿女的勤劳智慧，善良包容，就连他们的穿戴也在诉说着民族的向往和品性：金花妹妹一顶风情万千的帽子，就是大理风花雪月的完美结合。

迷醉洱海，大理，一个来了我真不想走的地方！

远山在呼唤

去西部，去西部！袭一身江南春雨的草青色，缠一缕南方丝竹的悠扬音，踏破梦里的声声驼铃，越过漫漫的风沙征程，我看见无垠的草原上万马奔腾，鲜花初放，碧霄蓝天；我变成高山湖泊清澈明净的一尾鱼儿，游弋在广袤无比的高原之上，皑皑的雪山为我侧目，汩汩的泉流为我喝彩，漠漠的大地为我战栗……我在离云最近的人间天堂，舞出一个花般灿烂的精灵，还给这块土地一个美的微笑，一个圣洁的拥抱，一个梦幻般绮丽的色彩和未来！

一梦四十年。我像极了一只织茧的蛹，把江南所有的柔和美融化到对西部的情怀中。所以当飞机降落在青海西宁机场的那一瞬，我的脑海和视野的大地一样苍茫和空白。当我踏上这块土地时，刻意回首，却看见飞机像只孤独的鸟儿，停泊在沙尘纷扬的荒原，无助地看着我的背影。从长白山下，到海南江畔；从太行之麓，到岭南之北，我去过的所有机场的绿色此时在我的面前成为奢侈品，我就要落泪了！

如此荒漠之地，难怪上苍会在雪山逶迤的地方落下一滴泪，凝聚而成明镜般的青海湖，放光发彩，尽显风流。我便是她洒落江南的一滴水，倾听着母亲河长江的心跳声，踏歌而来。从西宁往青海湖，沿着青藏公路探秘，与黄河支流湟水河同行。初始两岸天高地远，有零星的灌木丛点缀着荒芜的高原，应该是飞播的树种对土地的深情，树们都很努力地生长着。远处的雪山若隐若现，于高原五彩经幡颂歌后，圣洁得像一朵莲花。车窗外，白云朵朵飘浮着，骄傲地在蓝天下俯瞰着草原，亲吻着日月山；盈盈水光反射着蓝天，在草丛中碎银般闪烁，铺陈开去，竟然涓涓而成著名的倒淌河，那就是母亲黄河的源头！这里也是长江和澜沧江的源头！雪白的小绵羊像蘑菇般点缀着草原，又像绒线球似的一个个朝我眼中滚来时，我终于和梦中的西部相拥！凝望日月山，遥想文成公主，在故乡做最后一梦，伫望故乡最后一眼，心中涌升多少爱恋，却把日月宝镜抛下赤岭，一分两山，从此隔山相望，唇齿相依，唯愿山更青，草更绿。

历史的足音远去，远处的雪山无言，只静静地念想着山里山外的世界。

山外的世界又何如？在荒无人烟的高原，从青海到甘肃，再到宁夏腾格里沙漠，沿着母亲河——黄河向下，一点点的绿色都会让我心动不已。炽热的太阳明晃晃地挂在天空，燥热的风很快就吹干了身上的汗。车窗外，初始山们一座紧挨着一座，起伏逶迤，那沙砾堆积的身体赤裸着，仰首苍穹，问鼎日月。偶有飞播的痕迹，但零星生长的草木很快淹没在无望的沙海中。其后甘肃境内辽远的旷野满目荒凉，稀松的树们珍贵地点染着高原的色泽。看那树的生长也是一场与自然的博弈。在裸露的岩石边或者沙尘地上，没有南方雨润丰泽的阔叶，偶尔瞥见几株矮小瘦弱的杨林或者沙枣树，只把针尖状的叶心指向黄土，勇士般呐喊着挣扎着，想要灿烂出一点生动的颜色。我仿佛听见它们的声音，我的思维也在宽阔的高速路上不断跳跃：它们耐热，耐旱，不需要很多的养分，却能给予这方天空一点真情一丝温暖，这是不是那些常年坚守着这块土地，并且一代又一代把鲜血和汗水洒在这里的建设者们的灵魂在歌唱呢？！从青海塔尔寺到宁夏沙坡头之间的路程，无论是城市还是乡村，无论是高山或者峡谷，大地都焦渴地张开着嘴，等待一场春雨的到来。

雨会来吗？我的心汪满绿色的深情，思绪着江南家乡的春雨。"沙沙沙"，像少女在抚琴，像春蚕咀嚼桑叶，如此天籁之音，一夜之间染绿了乡野，吹开了花蕊，拔升了竹节，震颤了大地的脉搏。水涨起来了，农事忙活起来了。清清的小河储蓄着我太多的童年记忆和梦想，它日夜歌唱着，是从哪里来，又将向何方？

春雨也储满了我曾经中原纪行的记忆。梦中向北，有条澎湃的大河，在我的血液中一直奔流，星夜兼程，生生不息。我自南方来，怀揣南橘、稻禾的青绿，和着长江之歌雄伟的音符，在枣泥和麦黄的清香中，行走在黄河的两岸。车过洛阳。只一瞥惊鸿间，一湾练绸般的大河淌过心田，也丰盈了我的眼眸。这是黄河？它是黄河！不见了迢迢征程的疲乏，消却了漫漫风沙的侵蚀，清澈、碧绿，如翠似玉。它更像一位风姿绰约的少女，怀抱琵琶，轻舞纱袖，浅吟低唱着，一颦一笑间，演绎着古都洛阳的温婉与多情。正是人间四月天，花开在洛阳。试问华夏儿女，谁人不识君？我们的国花——那粗壮的根，那坚挺的叶，那灼灼耀目的花……它盛开在乡野，也盛开在阆苑；它怒放在粗纱上，也怒放在锦衣中；它映照着古瓷的光芒，也映照着今陶的色彩……它粗犷豪放在浣衣女的歌声里，它婉转鸣唱在音乐家的曲谱中；它把春天涂抹得姹紫嫣红，它把祖国的百花园喷吐得满园芬芳。

徜徉在黄河岸边，沐浴着丝丝春雨，凝望一片盛景的中原，风吹麦浪一阵又一阵，枣林蓊蓊郁郁写意着丰收的喜悦，我满怀诗情地欣赏着眼里心里的一切。我从长江走来，行走在黄河的腹地，触摸着它的伟岸和雄姿，感受着它的博爱和滋养，我细细体味着这片土地的多情和神秘，我知道，那时我的血液中终究是长江和黄河已经梦圆在一起了。

久渴的荒漠终于等来了一场绿色的春雨，点点滴滴敲打着我的心窗。我不知道塞上的江南是不是上苍对大西北的感恩，当九曲黄河蜿蜒而至宁夏的沙坡头时，江南的风情就一路摇曳而来。这里有稻禾的清香，也有枣泥的甘甜；有白杨林的婆娑，也有江南竹的丝韵；有芦苇荡的清灵，也有玉米林的蓊郁。风吹来枸杞树的芬芳，马兰花迎送着南来北往的游人，南北方风物和文化也在这里交融。我不禁遥望着贺兰山沉思：它之前方是奔腾的大海，那也是黄河和长江的家园。它们从青藏高原汩汩而出，一路欢歌而下，给予两岸物华和丰宝，诚如我从小长大的江南记忆，也如我惊艳花开洛阳的妙丽和气质。

可是一直向西呢？

像电影回放的闪烁，一个个镜头刺痛着我的心：在飞机上俯瞰高原的荒芜，山峦的赤裸；看见青藏公路西宁青海湖段零星植被的苦苦挣扎、努力生长；从青海塔尔寺穿过甘肃全境至宁夏沙坡头，七个小时的车程，渺无人烟的痕迹，满眼的飞沙尘土，一望无边的高山和荒漠。以至于那时候，我甚至产生错觉和怀疑：是不是时光已经凝滞，世界已经缩小，就剩下我们车上仅有的几个人在行走在呼吸?!

与此同时，听来的一个个故事却长久地在我心里植根发芽，温暖着荒芜的行程：在西宁，在这个属于青藏高原上青海省首府的热土地上，当初百姓们为了种植成活一棵树，不惜牺牲一个人的生命，以至于流传出人头树的故事！走在西宁的街头，看榆钱树的落叶纷扬着飞向尘土，它们是在诉说着对大地的深情吗？在沙坡头，在一望无垠的腾格里沙漠边际，一条铁路穿境而过。它的飞扬，不知凝聚了多少人的心血和汗水？铁路边一个个方形的麦秸阵容逼视着沙漠，让狰狞着面容的沙漠不禁后退，不禁让步！据说这是治沙的撒手锏，每年都有全世界各地的人自发前来，参加到治理沙漠的公益活动中来，把麦秸插进流沙，组织成一个个方形队，阻挡沙魔前进的脚步。

我回望着日月山圣洁的雪山，漂浮的白云，青翠的草原，汩汩的泉流……那是母亲河的发源地，她们给予远方无限的风光和美丽，富足和繁华，却把贫瘠和荒凉留了自己身边，留了西部，留在了高原，这该是怎样的一种大爱？这难道不正是雪山圣水闪耀的光芒吗？如果她望见我家乡的小河如今已经断流，田地大多荒芜了，工厂冒着黑烟，我的乡愁是再也回不去的童年和记忆；如果她望见了我去年盛夏在山东微山湖畔的叹息：这个北方最大的淡水湖，我却要在沾满泥浆的船边顶着酷暑的骄阳，在船体吱呀呀痛苦的呻吟中，在裸露着根部的芦苇丛林里，直至湖心深处，才能看见那一朵朵娇艳的红荷，她会流眼泪吗？那么青海湖的咸水就是她流下的眼泪了？

我如此迫切希望每个生活在江南江北水乡的人都有机会到青藏高原走一走看一看，去听听飞鸟和白云的诉说吧，不为别的，只求能够珍惜我们身边的每一棵

树和每一丛草，珍惜今天拥有着的幸福生活！让日月山的宝镜照着我们的天空更蓝，山更青，水更加欢腾！不要让我们刻骨铭心的一句话变成现实：让我们的眼泪变成最后的一滴水！

大美宁夏：人间的一半是天堂

我从江南水乡来，因袭着丝竹的弦音和雨露的清润；我行走在黄河的腹地和大漠的边缘，却又仿佛走进了梦里的江南水乡。

那个夜晚，栖息在宁夏中卫的黑夜中，我惊觉自己是瑶池飞出的一只鹤，翅膀掠过贺兰山的脊梁，想要衔走这一方土地的明丽和神奇。

宁夏，是上苍遗落在塞外的一颗明珠吗？那样圆润，那样光华，映照着塞外大漠的风情和人文，闪耀华夏。宁夏，是天上人间取样在茫茫戈壁的一座芳洲吗？看那处处光影和水波的交换，绿枝和沃土的亲吻，鲜花和城市的相融，怎能不慨叹"塞上的江南"若比那江南的水乡，还多一份神秘，更添一笔伟岸！

情动沙坡头

去西部！一梦四十年。我像极了一只织茧的蛹，把江南所有的柔和美融化到对西部的情怀中。我氤氲着南方丝竹的悠扬弦音，踏破梦里的驼铃声声，越过漫漫的风沙征程，在荒无人烟的高原，从青海西宁过境甘肃，再到宁夏腾格里沙漠，沿着母亲河——黄河向下。近七个小时的车程，渺无人烟的痕迹，满眼的飞沙尘土，一望无际的高山和荒漠，以至于那时候，我甚至产生错觉和怀疑：我们

这就到了天边了吗？是不是时光已经凝滞，世界已经缩小，就剩下我们车上仅有的几个人在思考在呼吸？！

去宁夏！我自南方来，怀揣南橘、稻禾的青绿，和着长江之歌雄伟的音符，行走在黄河的两岸。其间一点点的绿色都会让我心动不已。炽热的太阳明晃晃地挂在天空，燥热的风很快就吹干了身上的汗。车窗外，初始山们一座紧挨着一座，起伏逶迤，那沙砾堆积的身体赤裸着，仰首苍穹，问鼎日月。偶有飞播的痕迹，但零星生长的草木很快淹没在无望的沙海中。稀松的树们珍贵地点染着高原的色泽，是瘦小的杨林或者沙枣树。它们的生长是一场与自然的博弈，在裸露的岩石边或者沙尘地上，只把针尖状的叶心指向黄土，勇士般呐喊着挣扎着，想要灿烂出自己的生命本质。从青海塔尔寺到宁夏沙坡头之间的路程，无论是城市还是乡村，无论是高山或者峡谷，在母亲黄河一路焦虑的眼神中，都饥渴地张开着嘴，等待一场春雨的到来。

那天，就在夕阳西坠的当口，车窗外，母亲黄河的眼神突然柔和起来，绿色的心海微微荡漾着，摆动的腰肢也婀娜娉婷了，呈现出一个大大的"S"形。清澈的河水滋养了从高原行走而来的久渴大地，仿佛一场春雨的催生，河岸边的树们一下高大威猛了，白杨树和枣树们用滴翠的叶子和茂盛的枝丫，敲打着我的心窗，丰盈着我们的念想。"沙坡头到了！"不知是谁激动地大声喊道。前方的贺兰山仿佛也感应到我们的呼喊声，顿时笑靥如花，热情得通体赤红。一望无垠的腾格里沙漠更像个调皮的大小子，眼瞅母亲黄河的影子袅娜而至，赶紧伸出脑袋支出脖颈，想要吸吮她的乳汁。此情此景，一边是逶迤而过的黄河，一边是金光闪烁的沙漠；一边是风吹绿杨林的婆娑，一边是长河落日圆的余晖，遥想当年，怎能不让唐代大诗人王维情至深处挥毫泼墨："大漠孤烟直，长河落日圆。"那山，那河，那树，那大漠和夕阳……如此完美地交融在一起，这是不是上苍对大西北的感恩呢，难道这就是远在天边之外的天堂了吗？

翌日，走进沙坡头，在渺远的腾格里沙漠边际，最先映入眼眸的，是一条腾飞的巨龙——包兰铁路。它的飞扬，不知凝聚了新中国多少代人的心血和汗水。

铁路边一个个方形的麦秸阵逼视着狰狞的沙漠，像一个个撒手锏，让它不禁后退，不禁让步！

有多少人知道，沙坡头原只是黄河岸边的一个大沙丘，是一片人迹罕至的不毛之地，世界上第一条在流动沙丘上铺设的铁路，就在这里穿越腾格里沙漠，总长达 55 公里。苏联专家曾断言：包兰铁路建成的 30 年后，它将被沙漠彻底掩埋。然而，自 1958 年 8 月 1 日火车鸣笛沙坡头，迄今它仍在飞扬青春。而且经过几代治沙人长期不懈的探索，包兰铁路两侧密集的麦秸格状流动沙丘上还建起了"五带一体"的防护体系，完成了人进沙退的壮举，解决了世界性的治沙难题。1988 年，这项成果获得国家科技进步特等奖。1994 年，中卫固沙林场又荣获"全球环境保护 500 佳"称号。"沙坡头治沙模式"享誉全球，并在西部许多沙区得到推广。

荒漠上小草多了，绿了，小树苗渐渐变成了小树林，良好的生态给了许多珍稀动物一个温馨的家，沙坡头也成了世界著名的旅游景点；这里，每一棵树的生长都是那么的不易，每一片叶子的飞舞，何尝不是一个鲜活的魂灵在呼唤着自然，祈祷感恩着上苍的雨润丰泽。我们的导游是一个本地中年汉子，回族人，戴一顶黑色小帽，着一件白色褂子，语言诙谐幽默，动作夸张奇特。他不停地唱着小曲，也不厌其烦地讲着奇闻趣事。当我们走进沙漠时，他更是生动地抓拍我们的每一个动作，力争让我们留下最动人和最精彩的身姿倩影。当回族汉子在我们镜头外留下终生难忘的记忆同时，宁夏人坚强乐观的品质也像黄河岸边枣树结出的果子，甜美了我们的心怀。还有那一代代不知道姓名的治沙人！那一个个把绿色飞舞在黄沙中的播种人！现在每年仍有全世界各地的人自发前来，参加到治理沙漠的公益活动中。更有人舍家弃业，在铁路边植树造林，耕种绿色。

魂牵银川城

也许正是因为有了这一道人心凝聚而成的铁壁铜墙，大漠内的草才恣意地生，花随性地开，水快乐地流，人尽情地笑？塞上江南的景致才如此明丽多姿？车过宁夏中卫市。只一瞥惊鸿间，一个现代化的小城烙印在心中。也有亭台楼榭，也有曲径通幽，梦里不知身是客，我这是回到了家乡了吗？通往银川的路上，江南的风情一路摇曳而来。一畦畦瓜地卷枝蔓叶，就等待着汁水蜜甜的西瓜姑娘待嫁南方的激情时节；一湾湾水田苗青禾香，分明昭示着金秋时刻风吹稻浪的动人场景；一排排紫槐夺目而过，花开在蕊，袭人幽香……

梦中向北，有条澎湃的大河，在我的血液中一直奔流，星夜兼程，生生不息。我是江南的一滴水，倾情着母亲黄河的心跳声，踏歌而来。听，那激情飞扬的音符正穿过一排排青绿的树林，排山倒海般呼啸而来，鲜活了我的魂魄。当"青铜峡水电站"几个青色的大字映入眼眸时，它像初生的黎明带来的朝霞，灿烂了我的心怀。不，也像阳光映照了塞上的平原。此时忆起了中学地理课本上的字符：青铜峡——中国最早的闸墩式水电站，1958 年开工，1978 年建成。河流九曲汇青铜，天际奔涌到此平。

傍依着水电站字碑，依循着阳光下的一丝丝柳枝，一排排新房，以及那延伸而去的视野，我虽然没能近身去感受青铜峡水电站那宏伟的气势，但是想象着它壮观的景象，思想却在刹那间注满活力。想那九曲十八弯的黄河蜿蜒至此，平静中蓄积着希望和能量，从坝顶一跃而下，与一个近 700 米长的平台相拥，在 8 个发电机组与 7 孔溢流坝之间，演绎出一幕"飞流直下三千尺"的人间罕景，那瞬间发散出的璀璨光芒，耀亮了宁夏平原的每一个角落，也温暖了生活在这片土地上的人们。谁持彩练当空舞？母亲黄河宛然人间仙子，以粉骨碎身的玉石精神，奏响了一曲高昂的乐音，撼人心魄！

难道是青铜峡喷发的光芒，耀亮了银川，它故而其名？不，比这更美的是一个民间传说，它极大地丰富了我的念想。传说远古时，有一只象征幸福吉祥的凤凰，从江南迢迢飞到塞北。但那时的塞上一片洪荒，旷野苍茫。愁云笼罩着六盘山，贺兰山也急得白发蟠然。凤凰祥瑞，给山们披上绿装，使大地成为沃野，又让牛羊的奔跑声唤醒沉睡的塞上平原。顿时，山青了，水绿了，牛羊壮了，人儿黄发垂髫并怡然自乐。美丽的凤凰为了护佑这一方土地的神圣和安宁，竟然化作一座城池安定下来，它就是银川城。故银川又别称为凤凰城。

我念想着银川的名字和由来，牵挂着善良温婉的凤凰姑娘。如今，只要走进银川市西门口的十字街心，在那座矗立着的民族团结碑上（当地人也叫凤凰碑），您就能与她深情对望。据悉，民族团结碑建于 1984 年，碑身高约 20 米，主体分别由两根淡红色和淡绿色的平行方形水泥柱构成，顶端相连，呈半圆形；两柱间中空，宛如一座狭长的拱门。拱门顶部两柱内壁，各有一女性塑像，象征回族和汉族。两塑像各伸一手共同托住一个红蓝相间的球，象征银川回、汉等各族人民的团结。碑的半圆形顶上，高擎着一只不锈钢铸的凤凰，高约 3 米，她静静地伫望着银川这个繁华的省会城市，并守望着宁夏这颗美丽的塞上明珠；她同时也把自己凝练成了一颗闪耀的珍贝，在日里，在夜里，在历史，还在未来，怒放着光芒。就像生活在这片土地上的人们，回族、汉族……他们心手一定是相连相牵的，同心同德地建设着自己的家园，不然，上苍怎么会在茫茫的戈壁之外滴下感动的眼泪，成就这一片不是江南胜似江南的盛景呢？

最是牡丹多情季。天下谁人不识君？傍晚，步出酒店，穿过清真寺，陡然发现在市中心的一个花圃里，一株株繁茂的牡丹正招手朝我示意。虽然它们惊艳春天的时候已过，只有枝头几朵零星的花儿诉说着这个城市的繁华。但我在那时像被电流猛然击中了身体，颤抖着手抚摸着她们美丽的头颅，对着这些高贵的人间仙子，心中不禁涌升对这片土地的无限眷恋和感动情怀！

芳韵沙湖州

最能代表"江南梦里水乡"的绰约风姿，当属塞上著名湿地公园沙湖。

春光潋滟晴方好。正午的阳光暖暖的，沐浴着公路边盛放的沙枣花，袭来醉人的馨香。和风也送来鱼塘略带腥味的空气，融入我身心的便是鱼米水乡的家乡情。我贪婪地注视着眼前的一切，绿油油的苞谷林，才露尖尖角的小荷……风吹叶动，忘记了风沙的侵蚀，忘记了荒漠的刺痛，只想朝着前方自由游弋的蓝天白云奔跑，融化在这一方天地中。

白云下面就是沙湖了。

我突然很想幻化成一只莺啼的鸟儿，乘坐在清风白云中，如果那样俯瞰沙湖，该是怎样的一番情形呢？

湖边有一蓬蓬青葱的草叶，尖尖的，密密的，连成片，中间是蓝色的小花朵，犹如星光般点点闪烁。那是什么花啊？呵呵，它居然就是牵扯我童年温馨记忆的马兰花！"小皮球，香蕉梨，马兰花开二十一，二八五十六，二八五十七，二八二九三十一……"我一边蹦跳着皮筋，一边拍着手这样歌唱着。也许那时候我做梦都不会想到，在南方的竹林丛里唱着马兰花，有一天我会来到北方的宁夏和它梦圆！突然记得还有一部电影叫《马兰花开》的，"马兰花，马兰花，风吹雨打都不怕。勤劳的人儿在说话，请你马上就开花！"至今隐隐约约记得影中片段，只要面对邪恶势力，马兰花就拒绝开花！相反，面对美好，它却义无反顾地倾尽芳华。

怎么能不竞艳春天？湖中画舫刚漫游过，两道绿波便荡漾开去。最可喜的是那小鱼儿，懵懂地跃出水面，睁着惺忪的小眼睛，乜斜一下近处的芦苇林，便迅疾钻回水面，再也不敢出来撒野；野鸭们高兴极了，不管不顾船上有多少双眼睛的窥视，骄傲地拍打着翅膀，惬意地甩动着脖颈，啪啪啪飞过水面，腾起串串水花后，隐入芦苇丛中消失；天空的飞鸟（应该是湖鸥）看见这般景致，顿时来了兴趣，反剪双翅，一个漂亮的俯冲，眼看就要擦着芦苇林，却如机翼般陡地提升，一下飞远了，仿佛出现只为引起人们的啧啧惊叹；芦苇林见此情景，袅娜着身姿在清风中舞蹈，优雅地致意着飞鸟，或许想要捕捉一份美妙的爱情？……

下得游船，走过栈桥，你能看见的是什么景致？是几座金黄色的沙丘！沙丘中间，是青草翠微的湿地。远处，山的脊骨若隐若现。那山，那丘，那湖，那花和树，就这样完美地构成一幅立体的水墨画，诠释着塞上明珠的风情。而那些赤足奔跑在沙地中的孩子们，则是天地中最动人的风景，他们来自不同的地方，有着不同的肤色和语言，但是所有人的心都融化在这一方天地里。

贺兰山下的这块土地，有着稻禾的清香，也有枣泥的甘甜；有白杨林的婆娑，也有江南竹的丝韵；有芦苇荡的清灵，也有玉米林的蓊郁。风吹来枸杞树的芬芳，马兰花迎送着南来北往的游人，南北方风物和文化在这里交融。我不禁遥望着贺兰山沉思：黄河从青藏高原汩汩而出，一路欢歌而下，给予宁夏物华和丰宝，诚如我从小长大的江南记忆，也如我惊艳花开宁夏的妙丽和气质。它之前方是奔腾的大海，那也是黄河和长江的家园。我细细体味着这片土地的多情和神秘，我知道，那时我的血液中终究是长江和黄河已经梦圆在一起了。

飞歌影视城

城里的风景，大西北的历史；影里的风光，塞外的人文风情。时代的足音，现代的音符。它们——一一交融在一个叫镇北堡的影视城。

我终于在现实中领略了宁夏这人间天堂的异域风情。而追逐着那些在梦中或者甘甜或者苦涩的遥远西北梦，唤醒沉睡在心底的文字记忆，那些关于塞上的风物片段，以及用心灵泉水浇灌出来的人间至情至爱，恐怕只有走进镇北堡的影视城，走进驻扎在我心中已然久远的一代文豪——大作家张贤亮的足迹里了。

我童年温馨时光几乎是与文学书籍的陪伴度过的，至今依然记得踮起脚尖在高高的书架上找寻《小说选刊》《小说月报》等杂志的情景。尤其喜欢乡土气息

的小说，《绿化树》等就这样深深吸引了我，张贤亮的名字也在那时候映入脑海。就像记忆之于空白，绿化树是以贫瘠而荒芜的形象站在我心中的，也是一直以来我对塞上的印象。

不是吗？镇北堡的影视城保存了一些历史的风貌，作了很好的见证人。

赤裸的荒原，斜生的树桩，低矮的茅房，简陋的家什……这是当年西北农村风貌的缩影。往里走，进一步翻开历史的画卷，大跃进时代的公社食堂、文化大革命时右派和牛鬼蛇神居住的茅屋、样板戏舞台、批判的大字报……那口生锈的大铁锅无言，那支蘸满笔墨的大毛笔无语，但屋檐下转动的磨盘和风车却会说话。茅屋为秋风所破歌，还是西北这片热土地，即使在那样的环境，竟然未能摧折一代文豪张贤亮的定力，哪怕在他垂头弯腰当牛做马时，在遭受历史带来的不白之冤时，就像他当初倾尽全力和身家建设影视城并预言的那样：镇北堡这个地方，总有一天会走向全世界的！

起码，镇北堡高高的月亮门在牵扯我眼球的同时，也震惊了世人的眼睛。让这个地方跻身世界的，是一部名叫《红高粱》的电影，连同那一缸缸陈酿的酒，醉倒了无数来到这里的人。

那天我走进电影城，走过荒凉，走过繁华，走过电影，走进人生。我不知道该怎么写作一篇鸿篇巨著，才能表现出大漠之内，江南之北，黄河之上的这颗塞上明珠，它的凝练和光芒，它的珠玑和玉骨，它的苦痛和历史，它的今天和明天……但我细细品茗着塞上新鲜烧制的高粱酒，深信，生命理想的种子和思想的火花，不是伫望宁夏的凤凰姑娘带来的，而是这片土地上自出现生养生息的人后，就有了，难道那西夏的陵寝不是最好的证明吗?! 曾经的岁月和历史，曾经的繁华和荣光，曾经的呐喊和嘶鸣，风雨过后，便是彩虹！

湘西凤凰情

凤凰来兮，梧桐引兮。吾心往兮，吾魂念兮。

我仰望湘西，就如同瞩目天边那一抹虹彩。我迷恋湘西，它就是那蓝空下，白云中，一方圣洁的仙境领域吗？神秘多情的湘西，宛然降落人间的仙子，以山为骨，把水作趣，娉娉婷婷，走进心怀。乌龙山的神秘，沱江水的清润，凤凰城的美丽，交织成仙子的罗带，飘绕进我的魂魄，牵扯着我的梦、我的情感和念想：这里有雪山圣水的冰肌玉骨；这里有江南水乡的桨橹声……

我本是一只青鸟，蛰伏在蜀地的山峰和莽林。

可是在梦中，应和着湘西动人的民族音律，我幻变得五彩缤纷，啄透黎明的黑暗，腾空而起，飞向那遥远的天际，那青山绿水相互交错的地方。我是一只展翅而来的凤凰吗？我的名字叫湘西！

脚踏巴山蜀水，头枕云贵高原，伫望韶山的风采，书写一江湘水的豪情。湘西——我的名字叫凤凰！

武陵源温润了我的心。缘溪行，极目那桃花林，夹岸数百步，芳草鲜美，落英缤纷，有良田美池桑竹之属。溪水潺潺而过，小石子露出调皮的笑容，吻着小鱼儿的触须，眨巴着眼睛，细细打量着近处人家炊烟袅绕的青瓦房。我看见湘西土家族人的生活在阳光下发芽。红绸盖布下的新娘，哭唱着父母的辛劳，细数着媒婆的不是，其实满心盛放的都是未来的希望。土家族人居住的地方，是神仙遗

落的画布吗？金黄的练绸是稻谷，绿色的海洋是森林，洁白的丝带是河流……一地的丰美，一世的故事，生生不息。

"也有老父亲，也有心上人……"深情的歌声飞出荧屏，穿过辽远的苍穹，如雨滴落在我的心田，这是《乌龙山剿匪记》的主题曲。山河的壮美，解放军的英勇，土匪的凶残，演绎成一组生动的画面，把湘西的神秘风情烙印在我的脑海中。

湘黔边界的深山峡谷中，珍藏着一颗璀璨的明珠——乌龙山。多少年后，影片中那些千奇百怪的山峰，凌空突兀的怪石，如玉似练的飞瀑，依然栉风沐雨在历史的长河中。凭依桥栏风细细。凝眸远望，青山依旧在。绵亘的乌龙山庄严肃穆，一下牵扯了我的记忆。为了这座山的安宁，无数的解放军把鲜血洒在了这片热土地，怎么能不捍卫这一颗明珠的华彩和圣洁？湘西红色的土地，是英雄们不朽的魂灵在日夜歌唱吗？

我的思想在升华，沐浴着晨曦的朝阳，飞向山冈，飞过林丛，飞进湘西的每一寸土地。俯瞰中国南方湘西的苗疆长城，历史的胶片就在眼前回放，烽火硝烟映照着这一片天空那时的神奇和美丽。金戈铁马的战场，却又让这块土地震颤和惊惧。簌簌的寒风，仿佛送来断垣残壁的呻吟声、呐喊声……看见久远的中国南方，体味一段苗都的悲壮和多情。多少年来，它静静地荒芜在湘西大山的深处，潜藏着湘西地区明清两代政治、经济、军事、文化的特质。风萧萧兮，壮士已去。烽烟弥散，唯有草木含情依旧笑春风。今天，沉睡多年的苗疆边墙终于拂去历史的尘埃，以"一个颇富有边疆特色的旅游点"的名义，为世人敬仰。

我深情地伫望着大山深处的苗寨。世代居住于此的苗家人，他们才是赋予这片土地鲜活魂灵的真正主人。湘西的苗寨随处可见，千山飞瀑环抱，鸟语花香作伴。飞檐翘角处，精雕细琢的牛角屋檐顶诉说着民族的骄傲，渲染着大山深处的幸福和吉祥。除此之外，房子的每一处细节也感动着第一眼钟情这方水土的人。看那封火墙、吊脚楼、雕花窗……造型奇特，格调鲜明，无不显示出远古先民的智慧和民风。

我飞过丘壑，飞过山峦，一片片青色的瓦和一根根褐色的木桩曳住了我的脚步，你知道"德夯"的意思吗？它是美丽的大峡谷，德夯苗寨就是绽放在神秘湘西峡谷中的一朵奇葩。走进德夯，铿锵的鼓音就响起来了，欢乐的舞蹈也跳起来了。"铠铠铠"清脆的银铃声声，韵律出苗家少女曼妙的身姿和舞步，也呼唤出苗家阿妈热气腾腾的酸汤鱼和红鸡蛋，更牵扯出苗家阿公古老的故事和传奇。百余户苗民，千年的古俗，五代的苗鼓王……就在嘹亮的山歌中代代传承。姑娘们的银饰耀亮了心空，男人们的绑腿彰显着英武。春种桑，秋收棉；日榨油，夜织布……其乐无穷。更有一年一度的苗年、百狮会、三月三歌会、赶秋、接龙、椎牛等苗族民间民俗活动，描绘成一幅风情浓郁的画卷，把你带进一个神奇的世外桃源，一个古老的童话世界……

花自飘零水自流。从湘西大山深处涓涓而出的泉水，纳溪成流，汇聚成川，积淀了丰富的人文情怀。它一头领衔着湘江的豪迈，在湘西猛洞河的"中华第一漂"，随波荡漾，顿生"橘子洲头，看万山红遍"的潇洒之情和磅礴气势；它一肩挑出湘水的多情，走过芙蓉镇长满青苔的石阶，走过小镇两千多年的历史，走进一条龙蛇一般的小巷，找一棵枝繁叶茂的梧桐树当伞，靠一把散发着清香的竹编藤椅坐下，喝过老乡递来的土茶碗盛放的清润可口的古丈香茶，体味一段"撑着油纸伞，我希望逢着丁香一样的姑娘"的浪漫情怀，这样的情景，该有多么美？这不正是《芙蓉镇》传出的画外音吗？"湘西口音满背篓猛洞河古老风韵流"；又有今人词章："武陵山秀水幽幽，三峡落溪州。悬崖壁峭绿油油，悠悠荡华舟。烹鲜鱼，戏灵猴，龙洞神仙游，芙蓉古镇吊脚楼，土家情意稠。"

以芙蓉镇为原点，思乡的情思也如它"上通川黔，下达洞庭，楚蜀通津"的交通脉络，让我思绪万千。新西兰著名作家路易·艾黎说她是"中国最美丽的小城"，中国著名作家沈从文先生赞美她是中国最美的边城。这怎么能不牵扯我文学的情感和灵魂，在日里，在梦里，想要与之相拥和亲吻。我飞越千山万水，就是为着来找寻她的美。在湘川黔三省交界的边城茶峒，在美丽的凤凰古城，目之所及，怎么能不让我触目柔肠断！

　　这里，已经为你等待了一千年！跟着沈从文先生的思想脉络，扫描边城——这一幅悠远馨香的淡墨山水画，那青黛的远山、清澈的溪水、翠绿的竹筏、淳朴的村民……穿过时空，跨越地界，这一切都是那么鲜活地呈现在我面前。抚摸着凤凰古城褐色的墙面，掐一抹石柱上油绿的青苔，凭依在古城吊脚楼的窗棂前，望着碧绿的沱江水潺潺而过，湘西秀丽的风景画和清新、淡远的牧歌情调深深感染了我。

　　是夜，泊舟水上，璀璨的灯火耀亮了沱江的远山近水，映照着古城红的墙绿的瓦，映照着天南地北游客们的身影，映照着别具一格的吊脚楼和炉火中人们的笑脸，也映照出湘西多民族人民富足美好的生活。装饰一新的窗棂里，剪影出新房新人娇羞的脸庞，美妙的歌声也忽远忽近，震颤了我的耳膜，这是湘西大地今天发出的时代最强音吗？风情万千的湘西在沈从文的笔下走进世人的眼睛，也走进世界的面前。湘西民族和整个中华民族美好的文化精神就如同一首歌，也从这里传遍祖国四海。

　　"两心永相依"！我的心，从此就栖息在了这里。我是一只美丽的凤凰，土家族、苗族、回族、瑶族、侗族、白族……通向大山深处每一个民族每一个村寨的每一条公路，都构架起一座历史的丰碑和桥梁，昭示着湘西的大发展。每一个民族的文化和精神，都荟萃成我彩色的羽毛，我的名字叫湘西，正展翅翱翔在祖国的西部！

云朵上的民族在歌唱

——写在北川"5·12"地震三周年纪念日

　　我与北川羌族自治县五龙寨的寨主王孝明初次相识，还是 5 年前早春的一个晚上。那晚我与南充旅游界的几个同人们一起在五星花园聚龙砂锅吃饭。

　　年届不惑，方正的脸庞，黝黑的面容，不苟言笑。席间一位不曾谋面的中年男子给了我第一印象。四川正大旅行社集团老总刘飞立即介绍：王孝明，北川羌族，五龙寨寨主，现在南充新闻旅行社担任老总，负责北川五龙寨和小寨子沟的营销工作。

　　我在主编南充晚报的旅游版，新闻旅行社隶属报社。翌日上班，老王就给我打来电话，绘声绘色地描述北川羌寨和小寨子沟的风光，说那是他的家乡，同时也是大熊猫居住的地方。我听得入迷，不禁遐想连篇：在川西，在那离天很近的地方，在逶迤连绵的雪山之间，有一个古老的民族——羌族。在那里，生命赋予他们生命的色彩，雪山圣水注入他们殷红的血脉。

　　6 月的一个周末，老王电话于我，喊我到小寨子沟采风，同被邀请的还有市委宣传部著名摄影家杨麾、南充电视台副台长杨东松等人。午后 4 时许，从南充西行，我们一路追寻梦中的香格里拉——遥远的古羌族寨落。沿途，挡不住的青山隐隐，遮不住的流水幽幽。"暗思竹，暗思透春竹。"（俺是猪，俺是头蠢猪）

杨台长恶作剧地把这首诗给了播音员邓敏，邓敏立即用标准的普通话煞有介事地朗诵起来，一车人顿时笑得前仰后合。欢乐的序幕一旦被拉开，漫长的旅途竟然被我们颠簸得有滋有味。晚十一时许，当车子驶入寂静的深山古道时，耳畔传来的只有潺潺的溪流声，再也无人歌唱和欢笑，累了，饿了！当路边一棵枝繁叶茂的李子树突然印入我们眼帘时，我们被饥饿占据的空白大脑立刻丰富起来，停车，爬树，偷果子！不好，狗狂吠起来！我们正想开车逃跑，主人出来了。男人见状，转身找了竹竿打起来，女人用很有羌族民族风情的围裙接了果子，一一散发给我们，然后毅然决然地塞回我们递给他们的果子钱。这是我初识老王所属的羌族人！

晚十二时许，当高高的五龙寨门出现在我们面前时，江南水乡清丽的桨橹声便渐渐远去，远古的悠悠羌笛音霎时吹动了心灵的湖泊：如此的天籁之音，是经过雪山圣水洗涤过的吗？

6月5日，这是五龙寨羌民祭山前夕的一个晚上，这个夜晚欢乐而神圣。我和女儿以及同来的电视台的朋友们被寨主安排在竹楼看台上，女儿头上戴着我为她采来的用羊角花编织的高山花环，正目不转睛地盯着一只羌民们精心挑选出来的雪白山羊。山羊系在寨中树下，角上系着红布条；一坛已经开启的砸酒，飘溢出淳美的浓香；篝火熊熊燃烧起来了，这边，羌族小伙子们用力舞动手中的火龙，粗犷而豪放；那边，一对青年男女突然亮开嗓子，绵绵情歌对起来；几个羌族老人不甘示弱，手敲羊皮鼓，铿锵的鼓点响起来；少女们羞赧着脸上场，为远方的客人斟上美酒，熊熊的火光映红了娇媚的脸庞；欢快的沙朗——羌族人的锅庄，搅热了五龙寨。无论你来自哪里，不管你操着何方口音，吃着烤鸡，喝着砸酒，人间的纷扰和喧嚣已不再，心灵仿佛已经泊进了一个宁静的港口，只想就这样静静地随着优美的舞步旋转、旋转、旋转……和着悠扬的笛音，绵绵青山也跟着欢乐起来。

是夜，踩着咯吱咯吱着响的竹楼梯，住进高高的五龙寨。嗅着淡淡的芳草清香，聆听着楼边传来的潺潺溪流音，对面山顶的灯光突然晶莹了我的眼眸，也迷惑了我的心灵：这是人间，还是仙境？哦，这是云朵上的民族——羌族啊！

五龙寨的"祭山会"主祭点选在小寨子沟入口的林中举行。翌日十时许，祭祀队伍由释比领头，从寨中出发，依次祭拜家神、树神等。数百人浩浩荡荡奔向主祭场。

到达主祭场地，围绕天神塔进行祭祀活动，释比诵经，恭请主宰万物的神灵，众人恭候神灵的光临。天神塔的白石成为雪山的象征。

小寨子沟入口处，早有羌民支好三口大锅，只等祭祀神灵的山羊煮熟分享。经受神灵领受的羊肉，成为可以消灾纳福的圣品。一个羌民把煮熟的羊肉让我品尝，我内心不禁一颤：他们才是大山的魂魄，赋予大山生命与色彩，给远方客人带来欢乐和幸福！

返途，经北川县城时已是傍晚。青黛的山峰下，小溪流如玉带般飘绕而过，夕晖中闪耀着熠熠神采和光芒。我们下车在农贸市场买了又大又艳的山里桃，还买了天麻和核桃花等山里土特产，乘兴而归。

从此，那铿锵的羊皮鼓音，那悠扬的羌笛声声，那动感的沙郎舞步，那漫山遍野的羊角花，还有那咬一口能甜蜜整个心房的山里桃……这个人称"云朵上的民族"，就那样深深留在了我的记忆里！

从来不曾想，有一天，我的北川记忆会被无情地撕成碎片，让一地淋漓的鲜血吞噬我整个的心灵！时间定格在公元2008年5月12日这天，山河同悲恸！看着电视里飞舞的山石，倾倒的墙垣……我泪如雨下，老王还好吗？高高的五龙寨是否依然挺立？那条玉带般飘绕北川县城而过的小河流是不是还那样温婉多情？……

打不通老王的电话，他请假回家了。

再次见到老王，是次年春天。他很憔悴。眼神里有淡淡的哀伤。他主动找到了我，述说着地震后发生的一系列事情：地震后第一时间，他花高价租了一辆私车，取出所有的存款和能够借到的钱财，火速赶往北川。

"地上到处是滚落的大石块，房屋几乎全部被损毁。山里人在往外赶路，救

援的战士们在往里冲……"

他说他已经没有了眼泪，一路上只知道把食物和钱财送给身边最需要帮助的人。因为恶劣的路况，最后他不得不放弃车子，几乎是一步步攀爬到五龙寨。"家里去世了两口人，已经算很好的了，有的全家都不在了。但五龙寨的寨门没震垮！"他欣慰地说，我却噙泪眼眶。

他找我一件事：去北川考察，源于我对北川的喜爱和钟情，成立地震后第一个羌族民族旅行社。"北川依然美丽，我们要让全世界的人都认识新的北川。"他满怀豪情地说。

周末，我带着女儿，他开上我的别克车，一路往北川。他开快车，130码左右。那时候上高速路我还不敢开车，他就压阵。其间有一次很惊险，方向打急了，幸好看着他沉稳的表情，我才没慌张。"也是你车子好，不然就糟了。""我要把北川的旅游推向全世界，在全国各地设立分社。那时候，给你换辆宝马开。"他笑着说。"我原来在北川做生意，全国各地地跑，挣了几百万，被人骗了，分文无剩。家属也跟我离婚了，以后把旅行社做大做强后，我再找个知心的老伴，这辈子就心满意足了。"老王说。他的眼里跳动着希望的火苗。那次以后，我在高速路开车就很熟练了。但我还记得他有个习惯：开车总不系安全带。因为车子总是叫唤，他就把保险带背在背后，我不知道是不是这个习惯后来给了他致命的一击？

过了绵阳，从安县进入大禹故里，往北川老县城进发，工地上如火如荼，处处是震后重建的繁荣景象。经过新修的吉娜羌寨时，老王坚持停车，然后依在公路栏杆边，喊我照了相。吉娜羌寨很漂亮，老王的那张相片也非常庄严、肃穆。

少顷，我和女儿以及老王步行至北川县城。整个县城已经被城墙围绕起来，有武警站岗值勤。"放低你的脚步，放低你的声音，请给逝者一个安宁！"我放轻了脚步，泪水布满了脸颊。与伤悲的人们一起，静静地伫立山腰的望乡台，我在努力搜寻着美丽的北川记忆：那青黛如碧的山呢？那玉带般晶莹的河呢？那袅袅的炊烟和悠扬的琴音呢？没有了，没有了，这一切都没有了！只有低沉的山风在哀鸣着，述说着曾经的苦难，无情地把我唤回到现实，刺痛着我本已脆弱的神经。那褐色的山石还掩埋着一些建筑物，那风干的泥石流还覆盖着一片残垣断壁，我不知道，有多少鲜活的生命在这里消逝？擦干泪水，远眺，但见山峰上一袭白云袅绕，不禁祈愿：愿逝者安宁，让灵魂永恒！

毗邻小寨子沟的五龙寨已经搬离到绵阳市郊外。当天晚上，寨主杨华武邀请我看演出，原来杨华武是老王的表兄。"我现在真正明白了生命的意义，这一生不是要挣多少钱，而是在于给人们做了什么有意义的事情。"他充满感情地对我说，没有丝毫的做作和虚伪，眼神澄澈而明净。"因为我现在的生命是上苍的眷顾，地震那天我正同成都的几个朋友在北川县城的一个茶房聊天，地震发生时，朋友们都跑了出去，我正在一边接电话，等我反应过来时，发现自己所在的三楼已经变成了一楼！朋友们都去了！"生命由此而更珍贵，这个铮铮铁骨的羌族汉子，震后立即变卖了所有的家产，克服了常人难以想象的困难，组建了一个羌族演出团。那些美丽的羌族姑娘们和彪悍的羌族小伙子们迅速擦干眼泪，在板房边，在工地上，敲起了羊皮鼓，吹响了羌笛音。欢快的莎朗舞步驱走了人们心灵的阴霾，熊熊的篝火再次点燃了人们生命的激情。杨华武因此受到了温家宝总理的亲切接见，中央电视台把姑娘和小伙子们的舞姿搬上了荧屏，向全世界展示了羌族的民族魂。

是夜，在绵阳市郊外的五龙寨，踩着点点羊皮鼓声音，围着熊熊的篝火，我再次跳起了欢快的莎朗舞。"北川羌族民族旅行社成立后，要让全世界的人们都听到羌笛的声音！"老王动情地对姑娘和小伙子们说。

翌日一早，老王开车送我和女儿到安县的龙隐镇，他特地给我们要了羌族招待客人的九大碗，然后就开车去安县找旅行社门面去了。龙隐镇曾是川台热播电视剧《王保长》拍摄的场景地，因此来旅游的人特别多。男人们穿上长衫，腰间别上驳壳枪，大摇大摆地走过街面，立即引来无数喝彩声。女人们都要扮相幺妹，体验一下剧中那颇有川西风情的浓浓韵味。女儿很高兴，饶有兴致地围着一位制陶的民间艺人，然后要了一只小猪猪陶罐，并亲自在上面着色。我品味着现

酿的砸酒，还没喝，心便先醉了！北川真正的春天已经来临了！我已经深深恋上脚下的这片土地！

七月流火。酷暑难耐的夏天没有让老王的脚步退却。他往返于北京、绵阳等地，办理着旅游公司必备的一切手续。拿到公司营业执照那天，老王和我再次一起到了安县。欣逢吉娜羌寨二十对新人在县政府的操办下举行集体婚礼，全国各地的媒体记者蜂拥而至，连国外的记者都比我们先到了。杨华武的演出团也到了。当鞭炮声响起时，在鲜花丛中，姑娘和小伙子们对起了绵绵的情歌。这一刻，世界为之瞩目！这一刻，山川草木也动容！

旅行公司的会计是孙莉，其父母在地震中双双去世。"我是看着我的亲人们在我面前一个一个离开的。我现在已经没有时间悲伤，有很多事情还要等着我做。"人到中年的她充分展示了女人的坚强和毅力。她说她还组建了一个工程队，有次跑业务从汶川经过，看着前面的车子掉进堰塞河，但是她早就不惧怕死亡了。从她肩上，我看见北川人的脊梁依然挺拔。

2009年清明节后的第二天，我正在办公室，电话突然响起："邹姐，不好了，王总出车祸了！"一个女孩子惊慌失措的声音传来。"在哪里？伤情怎么样？"我急切地问。"在火葬场！"

我一下瘫坐在椅子上！

我火速往北川赶。在安县火葬场，老王终于停下了他匆忙的脚步。那天早上五点，他开车从绵阳往北川赶，不幸被对面疾驰而过又违章左拐的大货车相撞，当场身亡！法医说，他的内脏全部破碎完了！老王，是不是又把安全带背在身后的？我捶胸顿足：当初我为什么不提醒他一定要系好安全带呢？他的女朋友也来了，很本分的一个中年女人，也是老王要依靠后半生的那种女人。

可是，老王总归走了！地震没有整垮他，他在自己热爱的事业中重新回到了生养他的土地。目之所及，新修建的北川县城一座座高楼已经拔地而起。新县城叫安昌，新的北川难道还有理由不兴盛吗？我终于明白，砸酒的芳香，动感的莎朗舞步，羊角花的美丽，是一代一代北川人用心灵的泉水酿造和交织而出的灿烂和光芒！

井冈山咏怀：最美杜鹃花开时

　　井冈山之旅，是一场穿越时空隧道的心灵洗礼。诚如陈毅元帅说的：井冈山下后，万岭不思游！

　　我逐梦于井冈山，源于小学课本中那井冈山的翠竹，那八角楼的灯光，那黄洋界的炮火和朱德记的扁担，更有那漫山遍野盛开的十里杜鹃花长廊。为了夙愿这一个久远的梦，公元 2012 年 4 月的一天，我从四川嘉陵江畔的南充，一路顺江而下，问道武当山，听鸣黄鹤楼，踏花东湖岸，追忆滕王阁，乘舟侧畔进了江西，终于走进革命圣地井冈山！

　　正值仲春，一场新雨清晨不期而至。雨霁初晴，空气愈发清新，阳光透过云层罅隙，斑驳地映照山野，像一帧淡淡的水墨画。近看薄明的雾岚在山腰袅绕，远望轻柔的白云在山尖漫游，心情分外舒畅。汽车越过山冈，片山的楠竹林惊现视野末梢，它们笔直修长地倚立在山边崖畔，一丛丛，一簇簇，剑指云端，全然不似蜀南竹海的朦胧和幽深，把雄壮伟岸的美淋漓尽致地展现在众人面前。刹那间，我的双眼为之一亮，阳光也透过车窗照进心房：只见那一座座墨绿的山峰，连绵起伏，逶迤不绝。一汪汪青翠的林海，随风摇曳，荡漾波澜。山风微微，送来些许清凉的暗香，宛如少女们的丝竹琴弦音，犹似天籁？林海漫涌，更若她们的衣袂翩翩，在云端之上婆娑起舞，用曼妙的舞姿引领着你不断向前。或许更美的风景，就在山的那一面？

曾经的井冈山翠竹，它是那样激励着我们的心。竹枝没了，还有竹根；竹根烧了，还有竹鞭！如今，远离了炮火的轰鸣，暗淡了刀光和剑影，经历战场的洗礼和检阅，它们在山林深处静默地生，悄然地长，以满眼的绿，凝聚成山中的玉，温润着井冈山的灵魂。翻过群山，但见一个崭新的现代化小城坐落于山谷，它就是井冈山文化政治中心——茨坪。茨坪如同祖国广袤大地上众多城市一样，它虽也有鳞次栉比的楼，鱼贯般而行的车，却因市中心那"闲云潭影日悠悠"之美誉的挹翠湖扼守，而使这个小城更显宁静和秀美，远离了尘世的喧嚣和浮躁。湖的四围绿树成荫，岛上山石谲奇，蕙兰争艳。湖中山水亭阁相映衬，湖北端的中国优秀旅游城市"马踏飞燕"气势而庄严。春风拂面，远处群山在暖阳细雨中早被染成了绿色，别有韵致地镶嵌在春天的画布上；足下青草葱茏，眼里山色旖旎，感觉茨坪刚从唐诗宋词蕴藏的意境中走出来，正抒写着春天的缱绻和多情。茨坪的夜晚静谧而温馨，在一家江西老表开的餐馆里，喝着香醇的米酒，嗅着空气中飘来的芳香，和着浓浓的春意，在闪烁的霓虹灯下，在跳跃的色彩当中，小城像一首温婉的曲子，淌进了心底，滋润了心灵。

翌日，怀一颗敬仰的心，我来到了井冈山博物馆。只有到了这里，你的心灵才会受到强烈的冲击，你才会猛然间惊醒：脚下的这片土地当年真实地发生过什么！其中馆藏的3000多件文物，竟然有860件是原件！一个个形象逼真的场景，一尊尊生动丰满的塑像，在声光电技术的映衬下，把一段历史真实地呈现在大家的面前。仿佛穿过了时空的隧道，跟着历史的脚步，我们走进了那个枪林弹雨的年代。黄洋界保卫战的枪声再次响起；湘赣边界党一大旧址会场中毛泽东铿锵有力演讲的声音再次萦绕；八角楼的灯光再次照亮……写满井冈山语录和井冈山歌谣的背景墙，处处让人心颤。这丰满灵活的画图塑像和真实生动的场景，有力地树立了当年第一个革命根据地的丰碑形象。毛泽东、朱德等一个个伟人，也从历史的长河中向我们走来，向世人诠释着一种伟大的革命情怀，一种坚强的意志和精神。是的，"井冈山精神永放光芒"！近年来党和国家领导人曾多次前往井冈山，深切缅怀老一辈无产阶级革命家的丰功伟绩；而开放发展、美丽怡人的井冈山更是吸引了世界的目光。

那剑指霄汉的苍松翠柏应有情，是它们，日复一日年复一年地固守着茨坪北面的烈士陵园。无论你来自何方，不管你操什么口音，当你走过庄严肃穆的纪念堂、纪念碑和雕塑园时，都不会有丝毫的矫情和掩饰，都会深情地捧一束白菊，向在战争中牺牲的英灵们深深鞠躬，以寄托默默的哀思和无尽的缅怀之情。这里，既记载着伟人们的丰功伟绩，更有一个大大的无字碑，涵括了那些默默无闻的英雄战士。北岩峰上，青山可作证；如若有知，英灵们定会九泉含笑。

谁都不曾想到，在几座环绕的山林之中，在几弯水平如镜的稻田之边，在几个泥墙灰瓦的院落之后，革命旧址群竟隐卧于群山之间。毛泽东、朱德、陈毅等革命先辈曾在这里生活起居过。在这里，他们曾运筹帷幄，骁勇作战；曾挑灯夜读，笔耕不辍；也曾肩挑背扛，刀耕火种。他们也让这里走向世界，镌刻进历史的丰碑。看，那弹痕累累的墙壁，就是一位饱经沧桑的老人，在深情地述说着当年的故事和传说。人们纷纷在毛泽东故居前的读书石旁合影留念，我想，他们留下的不只是自己的身影，更想带走的是伟人的灵魂和精神。传说故居后有两颗红豆杉，几度枯又荣回。这难道不是历经沧桑的井冈山吗？是八角楼的灯光把它照亮，从这里走向了灿烂的朝阳。与革命旧址群相望，是点缀在山间的一幢幢民房，其美观漂亮的外观，无不显示出村民的殷实和富裕。一位太婆用山涧的清泉招待走渴了的我，富裕了的井冈山人民，依然用质朴的微笑迎接着远方的客人。

走过一段凹凸不平的石头路，几排简陋的旧房子呈现在大家面前，这是当年的红军医疗所。如今每间屋子都基本保持着当年的原貌，有红军手术用的简单医疗器械，有用木头或者竹子做成的担架，墙壁上竟然还珍藏着当年医护人员冒着枪林弹雨去采摘的中草药。我真的不知道：有多少仁人志士的鲜血，就倾洒在足下的每一寸土地里？沿着当年红军采药的山间小道前行，于曲径通幽之处，是绝美的水口瀑布。正是杜鹃花盛开的季节，万壑树参天，千山响杜鹃，山中一夜雨，树杪百重泉。是那烈士的鲜血浇灌了这里的杜鹃花吗？崖壁上，山林间，沟谷畔，一株株高大茂盛的杜鹃花，或者紫红，或者雪白，在山间灼灼盛开着。白

者尤其楚楚动人，其瓣薄如蝉翼，在眼前微微颤动。看那一道雪白的瀑布从山崖垂挂而下，在山谷之间轰鸣着，恰似一曲壮美的交响曲，震撼了我的心灵。

这花的鲜艳就一直涂抹着群山的色彩，从笔架山直到高耸入云的黄洋界。沿着高高的石梯拾级而上，两旁的树林渐渐归隐于若有若无的云海之中。走进高高伫立的炮台，当年的战争场景犹然在目，看到了楠竹做成的钉子，响起了敌军哀号的声音。走进半腰的山间小道，仿佛看见朱德高大的身影，那朱德记的扁担，也在他的肩上颤悠悠地回响。高高的纪念碑，就是历史的见证。在黄洋界之巅，凝眸远眺，罗霄山脉犹如天然的屏障，护佑着这一方土地的神圣。唯有杜鹃花那娇艳的花朵，无论是在舒缓的山坡，还是在幽深的峡谷，抑或壁立千仞的悬崖，都能看到它不屈不挠的身影，与山风争鸣，与日月争光，与风雨抗衡，它们自由恣意地怒放着生命，灿烂着自己的青春。传说敌人当年曾烧荒这座山，但春天来临，杜鹃花又开遍了山崖，因此井冈山的杜鹃花又叫映山红。星星之火可以燎原，我才有机会从嘉陵江一路走来，问道武当，追忆黄鹤，踏花东湖……这，难道不是当年红军战士用生命谱写的青春赞歌吗？这难道不是井冈山的精神写照吗？

井冈山的美，就在杜鹃花开时！在这里，你不禁可以饱览山河的秀美，更可以聆听历史的声音，洗礼心灵。井冈山的杜鹃花何止十里长廊，它那鲜红的色彩已经照耀了神州大地，从鸭绿江畔的长白山，到南海之涯的五指峰，从皑皑白雪的青藏高原，到辽阔无边的大草原……君不见：四面重峦障，五溪曲水萦。红根已深植，今日正繁荣。

岭南的木棉树

它是一棵树。它为她而生。她为他而生。她是一棵树。

—

它是一棵树。长在公元 21 世纪的秋风里。它只把那粗壮遒劲的干、盘曲虬龙的枝和一树繁盛茂密的叶站成一处绝美的风景，伫立于广州中山纪念堂，攫取每一个走过它身边人的心魂。它已经度过了 320 岁的华年，却依然浑身散发出蓬勃的生命晨辉，滋养着枝上藤缠的丛丛深绿；灵透出温柔的母性慈光，晕照着足下的每一寸土地。我仿佛听见了它的深情低语，仿佛看见了它含睇回首的一颦一笑，在一汪秋水的深处，凝聚着一个个时代的缩影，描绘着一笔笔浓墨馨香的华彩印画。

今天，它根植于广州越秀山公园的沃土。它有一个好听的名字——木棉。它有一树好看的花，在每年春天四月花开的时节。"十丈珊瑚是木棉，花开红比朝霞鲜，天南树树皆烽火，不及攀枝花可怜。"（明·屈大均）我想象着那一树火红的颜色，灿烂如朝霞，燃烧着岁月，迸发着激情；燃烧着生命，化作了永恒。它是南国的木棉之王，它目睹和见证了满清王朝的腐朽堕落，广州起义的残酷壮

烈，孙中山的百折不挠，陈炯明的无耻叛乱；它还目睹了身旁的总统府被夷为平地后又建起了一座全新的纪念堂，亲身经历了叛军的炮火和日本侵略者往它身下投下的炸弹和累累伤痕……

公元2014年9月上旬的一天，我从巴山蜀水之地，飞越千山万岭，心泉应和着长江的涛声，触摸着珠江的血脉——广州。我穿越一幢幢鳞次栉比的高楼大厦和一座座飞架的虹桥，淌过滚滚的车流和人流，在随处可见的三角梅倾心的拥抱中，走进广州的灵魂——中山纪念堂。我走过门口那几株挂满果实的桂圆树，走过那青草萋萋的宽阔堂前地，走过庄严宏伟的纪念大堂，走过写满历史和传奇的廊檐，走过灼痛我眼眸和心灵的弹痕累累的壁垣，走近了这株古老的木棉树。

9月的广州依然暑气逼人。顺着那一缕缕的绿蔓藤，心境瞬间清凉宁静的我虔诚地俯下身子，叩拜着这株木棉树母仪万方的神韵，不由得倾倒在它那卓尔不群的高贵气质中。且看历史风走云飞，星流人逝。只看这树面向华堂，还依旧静静站立，细细咀嚼：百年的风霜，百年的征战，百年的传奇，更有百年的爱情故事……

二

我仿佛看见似水流年，如月华清辉点点，如练绸轻柔绵远。

掬一捧微风，借一粒星光，参一丝清韵，穿过黑暗的刺痛，她是一朵盛开千年的莲。叶是她舒展的情，蕊是她圣洁的心，只一世世的轮回中，清亮了那双凝眸的慧眼。是的啊，在根之涯，在地之角，一个伟人正穿过时空的隧道，抖落一身的桎梏和虚无，张开丰满的羽翼，静待黎明的到来。

我相信，每一朵花的盛开，都是在守候一个永恒的春天；每一只蝴蝶的飞舞，都是为了找回前世的今生！她一定是为他而生的。"我必须是你近旁的一株木棉，作为树的形象和你站在一起……"（舒婷）

她有一个响亮的名字——宋庆龄；她有一段旷世传奇的婚恋，夫君是孙中山。

历史这样记录：1915年10月25日，宋庆龄不顾父母的反对，毅然决定与流亡中的孙中山结婚，并以坚定的步伐毫不犹豫地跟随孙中山踏上捍卫共和制度的艰苦斗争历程。她积极参加和支持孙中山领导的中国民主革命，1925年3月12日孙中山在北京逝世，他把"和平、奋斗、救中国"的嘱托交给了宋庆龄和他的同志，就这样她开始了长达70年的革命生涯。

在我的心中，她就是一朵盛开的清莲。莲之美，不管繁花与落英，不管过去和现在，她都亭亭玉立在那里，不悲不喜，圣洁成一处永恒的风景。

她带着木棉花一样的火红和激情，在天空中灿烂出一片朝霞和光晕。木棉树啊，你是为她而生的吗？生命中延续着她的爱恋，她的激情，给予她灵魂中永远的光鲜和力量。

我明白了：树中有她，它即是她，她即是它。她站成一树的风景，风华绝代在广州的热土，声誉响彻在云端。

三

我看见一位着旗袍的妙龄女子，站在世纪的前沿，只一撇惊鸿的回眸，就注定了前十三生的姻缘。从此与夫君戎马一生，从此烽烟濡染了名媛的高贵，也从此寂寞和孤独着，过完了不平凡的一生。

其实，她本就是世间一个平凡的女子啊，有血肉，有灵魂，有躯体。诚如一棵树，会开花，会结果。但就在革命遭遇叛变时最痛心的那一刻，她发出了惊心动魄的一声呐喊。1922年6月16日凌晨，陈炯明因反对孙中山北伐而叛变革命。在叛军企图炮轰大元帅府及住所的危急关头，孙中山请宋庆龄先行撤离，而她却掷地有声："中国可以没有我，不可以没有你。"坚持让孙中山先安全撤离，后来

几经危难才死里逃生，但是中途流产，导致终生不育。

正是这彻骨的痛，成就了一个伟大的母亲。她把母爱的光辉，温暖了普天下千千万万更多的孩子们。半个多世纪以来，她数十年如一日关怀少年儿童的成长，为儿童事业呕心沥血，成为中国儿童的慈祥祖母。

当日本帝国主义的铁蹄践踏着中华民族的疆土，中国大地上无数无辜生灵惨遭涂炭时，她倡议发出了"欲救中国，必先救儿童"的呼声，风尘仆仆多方奔走，帮助各地建立孤儿院、托儿所来收养难童，并在香港成立保盟会关爱孩子成长。

抗战胜利后，她把保盟改组为中国福利基金会，继续开展为劳动群众和少年儿童服务的工作。

新中国成立后，1951年，中国人民保卫儿童全国委员会成立，宋庆龄被大会一致选举为主席。在大会发言时，她激动地说："这个会的成立很重要，保卫儿童的事业是伟大的。"

1951年9月，宋庆龄荣获"加强国际和平"斯大林国际奖，她在10万卢布的支票背面亲笔写上"此款捐赠中国福利会作妇儿福利事业之用"。

她生前的最后一篇文章，是为1981年6月1日出版的《儿童时代》杂志写的《愿小树苗健康成长》，"可爱的孩子们，每当我想到你们，我的眼前就浮现出那些充满生机的小树苗。你们像小树苗一样，柔软的枝条，嫩绿的叶子，在肥沃的土地上扎根，在和煦的阳光下成长……"

1981年5月29日，她带着慈母般的一片爱心告别了她所热爱的孩子们……

她倾尽了自己的热血，芳魂化作一棵开花的木棉树。公元2014年9月的一天，我站在中山纪念堂前那株"木棉王"树前，凝望着她绿荫中庭的身影，听着讲解员饱含深情的讲述。看吧，这棵木棉树枝节向两侧伸出，像一位历尽沧桑的老母亲，伸开双臂，向着远方在呼唤："归来吧！孩子。"我仿佛看见新中国一个个青春活泼的孩子向前奔跑的身影，都在朝着她的芬芳，朝着她的梦想。

她已经变成一棵树，永远活在孩子们心中。

海棠香国情

海棠香国：难忘那山、那水、那情……

"开愈淡，花更艳，隔在云端山水长，东君怜去人间赏，曼舒仙缟出嘉昌。"

这是 2013 年的正月初一。中午时分，我慵懒地躺在南充嘉陵江边公园的一片草地上。春阳明灿灿地照着身旁一丛茂密的海棠林。正开得如火如荼的海棠花雾时便灼亮了我的眼眸，炙热了我的魂灵：故乡篱下棠，今日几花开？远在几百里之外的故乡，我梦里常萦回的地方，那里有哺育滋养过我的山水，更有我日夜思念的亲人。思绪如絮，一任那漫天而舞的风筝，把我牵到垂暮之年的母亲身旁。

我是重庆市大足县邮亭镇天堂村的人，生于斯，长于此，及至后来我走出山村走进城市大学的校门。我曾就读的天堂村小学傍依巴岳山麓，它把求学的欢乐胜于上学的苦痛这 5 年光阴无私地奉献给我，年幼的我为此每天要穿过 4 户大院，3 个山头，1 个水库，4 个铁路边坡的距离，来回 4 次总里程约 30 里的路。那时候的寒冬怎么就那么漫长呢?! 我破旧的胶鞋总要踩过很长很长的烂路，以至于脚指头常常被冻坏；凛冽的朔风也常常会从简陋的窗棂钻进来，肆意地在教室中狞笑，甚至鞭抽我们已经被冻坏的脸和手。记忆中的路就那样弯曲、泥泞，直至后来我到邮亭镇上初中，再到大足县城上高中，乃至大学毕业后到弥陀中学任教。那条翻山越岭由很多"Z"字形组成的通往县城的公路让我刻骨铭心，因为颠簸的巴士常常让我呕吐不止。

但童年的记忆也有温馨的画面涂抹，在心灵深处如珠贝闪光，那就是绵延的巴岳山给予我的幸福和欢乐。春暖花开时，提一个竹篮，抗一把锄头，直奔就近的黄泥塘坡段，挖野菜，摘山花；秋高气爽时，呼朋引伴，摘野果，砍山柴；当皑皑白雪晶莹了一山的冬色时，哥哥们就会带我到黄泥塘下的长河煤矿拾煤渣，换取过年的压岁钱。逶迤连绵的大山总是无私地给予我们的索取，犹如丰碑般一直屹立在我人生的征途中，无论何时、何处，它的脊梁让我挺拔，它的哺育让我动容！满山的茶叶，就那样一直馨香着我的心怀。

家乡的水清澈如玉，似母亲的拳拳之爱，永远温润着我的心。只一个龙水湖，就令我魂牵梦萦。白鹭在青松上翩飞，扁舟在绿波中荡漾，杨柳在小岛上垂绿，荷叶在湖岸边打卷，孩子们在坝堤下奔跑……好一幅动人的山水画！再绘一笔天山水库的青翠，调色一抹化龙水库的潋滟，融入一丝玉滩水库的柔和，重彩一脉宝顶山的灵动，大足的山山水水瞬时便立体丰满起来。一方水土养一方人，青山绿水孕育了灵性和智慧，赋予世代生养于此的人们。

于化龙水库欸乃的桨橹声中，我数次沿着山间小道，一步一换，朝宝顶，跪拜心中的圣灵。其时我已经离开弥陀中学到原大足报社工作，记者生涯给了我一探石窟崖壁绝美之作的勇气和精神。在山之巅，叹卧佛磅礴的气场，恋观音灵变的千手，慕牛背上牧童的短笛，羡养鸡女的淡泊与宁静，念母亲哺育的艰辛和不易，骇地狱的残酷和奸诈……世间百相，人情万物，世事变迁，无不在绝壁向世人昭示，演绎出一幅难以描摹的风俗画。每当此时，我的眼前就幻化出智慧大师赵智凤素衣罗裳而来，几度运筹帷幄间，看那匠人挥汗如雨开山凿壁……古昌州从此改变历史。

中华民族生生不息，大足人民代代繁衍相承。濑溪河如一条玉带般飘绕而来，宛然母亲的乳汁滋养着人们；南北二山巍然峙立，似一道天然的屏障，护佑着这一片鲜花盛开的棠城。站在县城的十字街口，闭上双眼，我的脑海能清晰地

映照出县政府、县中学、县医院、县图书馆和大足报社、龙岗幼儿园、步行商业街以及陈旧的东西门市场写意图。我记忆停驻的那一年是2002年，这一年我随夫从驻地部队转业到南充，当时县城总人口4万人。从县城至南充，早发暮归。虽然之后几年我也数次回老家，也曾去北山一碗水处品茗家乡的味道，但来去总匆匆，从此，故乡的记忆渐行渐远。

"你春节值完班就回老家哈，妈杀了500多斤的猪儿等你回来吃！"姐姐的电话，不禁让我潸然泪下！我不知道：不舍劳作的母亲佝偻着苍老的背影，该转过多少的山头和田埂，才能依然用沾满雨露的青草喂养出如此肥壮的过年猪。她目不识丁，却敦敦告诫自己的孩子：多读书！我能从狭小的家门走进重庆城市大学的校门，母亲那双骨节突出的粗糙双手作了见证！

正月初三，归心似箭。夫驾车，短短三个小时，经遂宁、铜梁的高速路后便至邮亭高家店。"今年到天堂村的路都修好了，你可以直接把车开回家！"姐说。我欣喜若狂，以前每次回家，我都得把车泊在高家店的商户外，一直梦想着那条乱石突兀的机耕路能把我的小轿车引进去，接走母亲，看她从不曾想象和了解的外面世界。

午餐后，大哥特地带我们到高洞子水库游玩。沿着修缮一新的乡村公路，转过两个土坡和几湾水田，几分钟后，我们就伫立在了高高的堤坝上。坝下绿草茵茵，鲜花怒放；库区有人垂钓，恬淡闲适。"这里要大力发展乡村旅游。"在大足区农委工作的姐姐告诉我。巴岳山的轮廓清晰自然，依稀可见当年上学途中的院落，但杳无人迹。大哥说：村小学并到邮亭镇上去了，庄户人把房子都买到了新成立的双桥经济开发区。"高速路要修到老屋基那里噢，那里还要修一个大转盘。"身旁的母亲铿锵有力地说完这句话，苍老的面容突然泛起红光，眼神也变得明亮起来。我知道：善良的母亲一定是在为村里的孩子们祈福，他们永远也不会每天来回走30里的山路去读书了！

一股暖流从心底涌上，我决定开车环游大足！

天气很好！龙水湖正开展郁金香节。阳光暖暖地照在身上，心情也跟着明媚起来。我像小孩般雀跃到花丛中，看水鸟从湖里惊飞，抖落一地的春色。孩子们在花间捉迷藏，有风吹过，传来他们欢呼的声音，惊醒了湖水，泛起层层涟漪，很快荡漾开去。且走且停，我和亲人们叙说着过去，眼前的盛景就和着春色一起流淌进我的心里，这实在是不可言喻的美和享受！从小我就能写出一篇篇优美的散文，以至于长大后我能在报社从事记者编辑工作，后又能在南充市负责旅游营销和宣传工作，那么一定是喝了这有灵性的西湖水了?！就如同我当年在西湖征文中获奖所言：当逶迤连绵的玉龙山和星罗棋布的岛屿映入眼帘时，我的心便沉醉在了这里的每一棵树、每一片叶、每一滴水里。如此的美景，就是西湖酿造出的一坛美酒，一直封存在我记忆的深处。

玉龙山该是巴岳山最美丽雄壮的一段身姿，要不怎么还会留下恐龙时代的遗迹——桫椤树呢？恐龙已经远去，唯有面前春风拂过桫椤树叶的"沙沙"声鼓动耳膜，音韵出山涧泉水的淙淙声，犹如天籁。风景这边独好！不止这青青的山，这潺潺的泉，大山从未停止对生活在这片土地上人们的哺育！走出拾万镇桫椤公园，瞅见水田边一庄户人家过生，坝子里高朋满座，谈笑风生；边有炉灶，柴火正旺；蒸笼层层堆砌，腾腾热气氤氲缭绕。一客人刚好驶进宝马车，炉火愈加红亮。火光映照着红色的三层楼房一隅，成了我心中挥之不去的一幅油彩画。

经石码，至智凤镇时，老公神色凝重：这是当年他曾战斗过的地方。有在建的一条高速路从机场边跃过，原来它可直通到南充。"一个小时就可以从大足到南充了?！"老公不禁感慨万千。巨大的喜悦和幸福仿佛从天而降，我踏下油门，加大马力，沿着宽阔的大石公路直奔县城。

目之所及，我已经无法还原2002年那时的记忆。典雅别致的宏声广场择北环之中而居，禀天人合一之念而建，历史与现代，文化与政治于此交融。其四围街道通畅，高楼林立。不必说那高档的商住小区、功能齐全的大型超市、碧树参天的学校……仅一个海棠香国历史文化风情城，就让我神往。澄澈如碧的濑溪河穿城而过，两岸柳树成行，绿竹婆娑，花团锦簇，正在滨河公园跳舞的太婆们可能做梦都不会想到：正在享受幸福生活的她们，在不久的将来，自己所在的城市

又该以怎样的速度变脸扩容呢？据悉，大足区当年就总投资99.6亿元，实施重点项目35个推进城市建设。全面启动38公里的14条城市干道建设，实施以圣迹湖公园、濑溪河等9个公建项目，推进观棠晓月、海棠湾等5个共163.8万平方米的大型人群聚集点建设，开工建设了60万平方米的保障性住房，建成大足体育中心。姐姐还告诉我：双桥区和原大足县合并成大足区后，县城如今已经拥有十几万人口，大足区先后荣获中国人居范例城市、中国优秀旅游城市、全国文明示范景区、首批AAAAA景区、重庆市最佳旅游景区等殊荣。

眼前魔术般的变化震撼了我的心，但不变的是珍藏在心底永远的记忆：天山深处的水、悬挂在宝顶崖壁上的画……它们现在还是那么真，那么美！灼灼盛开的海棠花晶亮了我的眼眸："开愈淡，花更艳，隔在云端山水长，东君怜去人间赏，曼舒仙缡出嘉昌。"

春香满棠城，化龙水库欸乃的桨橹声又在我耳畔回响，我终于知道：我的心从不曾走远！这山、这水、这情，像我高龄的母亲一样，让我垂泪和动容，我是她的孩子，她也是我生命的血液，跟随着我的脉搏，永远在一起跳动！

西湖恋歌

　　我的老家在邮亭高家店，与双桥近在咫尺。童年的记忆中，最深刻也最甜美的就是在正月初一那天，母亲牵着我的手，走进双桥的老街。人们从四面八方云涌而来，掩饰不住的喜悦之情，如阳光般洒了街面上的每一块青石里。每当经过街尾的那棵黄桷树，我都要默默伫立：凝望它那粗壮的干，遒劲的枝和如云的冠盖；看它盘根错节于石壁罅隙里，栉风沐雨，如同一位耄耋的老人，诉说着华年的流逝；也如同感受到母亲的体温，那是因长年累月劳作而浸染的来自大地的芬芳。

　　还记得街下有条河，蜿蜒而至家门口。老人们常说，这水是从西湖山上流下来的呢！难怪河水是那么清澈透灵！暑天，哥哥们常常在河里洗澡，每次看着它那飞溅的晶莹水花，我都忍不住要掬一捧在手，如琼浆玉液般细细品茗。从小我就能写出一篇篇优美的散文，以至于长大后我能在报社从事记者编辑工作，那么一定是喝了这有灵性的西湖水了？！那遒劲而古朴的黄桷树，也一定是因了这西湖水的滋养，才如此茁壮、撼人心魄？！

　　由此，西湖成了我的梦想之地。初次撩开她那神秘的面纱，是高考后的那一年。当逶迤连绵的玉龙山和星罗棋布的岛屿映入眼帘时，我的心顿时随着那碧波荡漾的涟漪，沉醉在了这里的每一棵树、每一片叶、每一滴水里。湖岸荷叶田田，山冈上白鹤舞姿翩跹；那轻舞的柳飞絮飘然，那挺拔的松傲立青山。如此的

美景，就是西湖酿造出的一坛美酒，一直封存在我记忆的深处。

如今，我在四川的《南充晚报》主编旅游版。在外工作多年，领略过杭州西湖等祖国大大小小众多湖泊的风采，从来没有这样一个湖，让我如此的动容和留恋。

时过境迁。今年五一节回双桥的姐姐家，亲人们说西湖边正在花雕展览，吸引了来自川渝的不少游客。家乡的变化让我欣喜不已，晚饭后，一大家人驱车来到湖边。

虽然夜幕开始垂落，但是眼前的一切还是如水晶般耀亮了我的双眼，我已经不敢相信自己的眼睛：这还是我记忆深处的双桥西湖吗？美轮美奂的花雕，长长的西湖堤岸，风情万千的断桥，大气磅礴的西湖广场，飞檐翘角的亭宇……

传说中玉龙山上居住的王母祥临凡间了吗？是她飘飘的仙袂抖落了这天上的瑶池美景吗？！

女儿惊呼着奔向一只精美的孔雀花雕，高昂起写满幸福的笑脸，生活的富足和美丽的山河瞬间便定格在了我随身携带的相机里。年迈的母亲蹒跚着步子，抚摸着那只可爱的大熊猫，仿佛年轻了些许，笑容如花绽放在她那刻满沧桑岁月的脸上。生活的艰辛和苦难的岁月就那样悄悄消融在了这温情的时刻和散发着芳香的土地里。

一行人穿过画廊，沿着湖边行走。远处的灯火像星星般不停闪烁着，透露出迷人的光芒。泊在近处水面的船只，随着荡漾的波纹一上一下，宛如栖息了外婆的港湾，显得温馨而甜蜜。细长的柳丝轻抚着我们的脸颊，低吟浅唱着这阑珊的夜色。

信步到石桥。凭依桥栏风细细。凝眸远望，青山依旧在。绵亘的玉龙山庄严肃穆，一下牵扯了我的思绪。当年老师告诉我们：为了这座山的安宁，有无数的解放军把鲜血洒在了这片热土地，我们曾怀着无比崇敬的心情走进当年炮火纷飞的大山；还记得学生时代山中春游的场景，那动人的欢歌笑语至今依然清晰地从夜空传来！岛屿很沉静，仿佛安睡，在波浪的轻吻中，她该做着怎样甜美的梦呢？白鹤们已归林，但羽翼下的浪漫和多情早就给西湖留下无尽的遐想和情思。青山、广场、阁楼与湖水就这样竞相辉映，装点着美丽的夜空。三三两两的游客漫步其间，孩子们在奔跑嬉戏着，好一幅安宁祥和的画面。我想：为这片土地而抛头颅洒热血的人们，应该是欣慰的！

我不禁疑惑：春节期间我和亲人们曾在这湖边漫步，那美丽的山水已经让我感叹不已，缘何短短几个月又发生了如此翻天覆地的变化？

同在双桥政府部门工作的姐夫和姐姐告诉我，早在数年前，双桥区就构建了西湖的旅游规划，并举全区之力，分阶段分步骤地精心打造着每一个景点。我不禁感慨：前有英烈，后有来者，他们都在完成一个共同的目标：让青山更青，让西湖水更绿！

是夜，驱车在双桥郊野宽阔的公路上，看着两边鳞次栉比的高楼，眼前一座现代化的城市拔地而起。我在搜寻着童年的记忆：老街虽不再，但那枝繁叶茂的黄桷树依然挺拔，它是家乡的魂魄，不只在街角守望，而是扎根进我心里，变成永恒！

古树与老街

古风情韵的老街

在享誉中外的石刻之乡——大足，自成渝高速公路和成渝铁路交会处的邮亭镇，向东去两里许，有一高坡名叫"五里堆"。站在坡顶上远眺，周边儿青青的巴岳山脉透逶起伏，足下圆溜溜的山丘莲花般四散开去，衔接了远山。那山底的沟谷，白色的公路蜿蜒其间，而老街，则一如蛇般从沟谷向上游移，静静地盘卧在了五里堆坡的半山腰。

顺着沟谷的公路至上，一踏上青石板铺就的街面，浓浓的乡情就如水漾开了我颤动不已的心房：哦，老街，你依旧是我儿时记忆中的旧模样！

只是那青色的条石，却没了当初尖利的棱，看上去细腻、柔滑，中间一条浅浅的凹道，在阳光下，泛出些微的银光来，它们一块紧衔一块，密密地、曲曲地，延伸过去，不像近处高速公路那般张扬、豪放，而是给人一种宁静和从容的感觉。

街道很窄，两三米余宽。两边的青瓦房呈"一"字排开，颇有气势。壁墙多用褐色的木板串架而成，历经风雨的侵蚀，早失去了昔日华丽的色彩，不过却显出另一种厚重而朴实的美来。

赶集日，当街而过，阳光下，没有声息，早不见了当初摩肩接踵的赶集人。

屋檐下，几个老太太玩着纸牌，几个老大爷呷着茶水。他们埋怨说，姑娘嫁走了，儿女买房到附近的邮亭车站，孙子们不愿意到老街来耍了。耄耋之年的杨保元老人敲打着手里的秤盘，一声叹息：祖祖辈辈都是做秤的，独生子却放弃了家传祖业，跑买卖出去了。

唯一让老人们高兴的是，古朴自然的老街，今年春吸引了法国的朋友们来参观，武汉建筑学院的一群学生也背着画夹兴致勃勃而来，在此写生了一个星期。

如果华年的流逝吞食了这已老去的老街，那我坚信，老街的风采，已留在了那群风华正茂的学生们的画册中，并被装帧成一幅最精美的风情画，长久地保留在人们的记忆深处。

心灵深处的文昌宫

伫立坡顶俯瞰，见一石梯弯弯曲曲，逐级而下。视野尽头是一口清清的水塘，脑海里立时便涌现出它旁边的文昌宫的模样。

文昌宫位于老街正中那株大黄桷树下，一座极普通的建筑物，但那是老街几代人的精神家园。至20世纪90年代初，无论是镇上中小学校放电影、节日演出，还是方圆几十里的乡民看戏，都在此处。

如果要看戏，需要从正街，穿过一幽深的小巷，踩过湿漉漉的布满青苔的地面，便至文昌宫的后门入口处。门口通常由两个表情很严肃的人把守，观众大多很自豪地高举手中好不容易得来的票，把门人颔首，他们便兴奋地挤进小门。进得门后，虽然室内地面是凹凸不平的，人群也挤得密不透风，但大人小孩却都很兴奋，眼睛只盯那舞台。那舞台用木板搭建而成，两侧有梯。台正中立一挡板，作演员化妆用。

那时候一般演的都是川剧的某个片段。我第一次看川剧的时间在六七岁，母亲赶完集就牵着我的手走进了文昌宫。那时我的心情既紧张又兴奋，真不知道生活中的场景要怎么样才能在那小小的舞台上表现出来呢？还依稀记得：红布帘缓缓拉开，当着戏服的女演员甩开长长的衣袖，迈着细细的碎步袅袅婷婷地走进舞台正中，开始"咿呀咿呀"地唱时，我心里顿时乐开了花。

循着儿时记忆中的模样，我走进了文昌宫，心里却伤感不已：墙垣已倾颓，舞台也失却旧日模样，只有几根桩子，在孤零零地诉说着它曾拥有的辉煌。我便想，也许，老街的人，是把它深埋在心底了，慢慢地欣赏着它、咀嚼着它。

傲然挺拔的黄桷树

日复一日，年复一年，守望着这方土地，默默地为老街挡风蔽日的，是那六七棵枝繁叶茂的黄桷树。

站在街中仰望，每一棵树都是那么挺拔、魁伟。仿佛持枪的勇士般，威风凛凛、英气逼人。它们拥有一样粗壮的干，苍劲的枝，以及那一汪油油的嫩绿叶片。但是，每一棵树又各具情态，从不同侧面展现了自己的美。

位于街头的两株黄桷树，属重庆市二级保护树木。右边的那棵紧傍一住户，根部全裸露在近 3 米高的乱石堆上。近看那根，或粗或细，或曲或直，须脉毕现，溢出一缕鲜活的生命力。宛如蛟龙，盘缠在一起，在嬉戏，在飞腾。据户主介绍，这根有的便如剑般刺过了墙壁，在其厨房内蔓延。

右边的黄桷树根部用石栏围住，青色的树干便暴露无遗。上面斑痕累累、裂纹道道，一如淌过岁月的长河。两棵树在空中相拥，一副水乳交融的样子。

让人称奇的是那几株市一级保护树，雄踞街中文昌宫上的黄桷树，宛如大力神般，张开巨臂，欲揽小街入怀，其绿荫覆盖十余米外，气势颇恢弘壮观，直逼霄汉。根深植于沃土之内，干突然中分，盘曲而上。绿绿的青苔粉饰了它的颜色，袅袅乐音在我的心中回响：头顶一个天，脚踏一方土，风雨中你昂起头，冰雪压不服……这是叶对根、树对街、树对人的情啊。树下劳作的 80 高龄的陈老说，儿时在它的怀里嬉戏，饥荒时曾摘它的叶充饥，她也在树下长大成人，树装饰了她一生的梦境。

昂立于老观音堂处的一级保护树，树根全裸，棱角分明，造型各异，似假山堆砌而成，最底部却鼎足而三，呈镂空状，轻敲发闷闷的声音。树干正中，赫然显出一深洞。老人们说这洞以前曾住一观音，慈眉善目，佑一方水土，这地方因此而得名。

夕阳西坠，走过老街，走过古树，心中涌生的恋情如水弥漫我心房。只愿这山更青，树更秀，无论小街的人走到何处，都如树般屹立在他人心中。

春到九龟山

　　九龟山位于我的家乡重庆大足，其山势走向名如其形，九块貌若乌龟的巨石分卧在山林里。记忆中，它更像碧海绿波中的一枚枚珠贝，深藏于龙石镇万福村的怀抱；它还像一块块翡翠，用那满目通透晶莹的绿时时震颤我的心海；它也如一首诗，淋漓尽致地抒发着山中树冠巴岳的红豆杉和楠木林的华彩和风情；关于九龟山过去和未来的一切，都只待此处的青山院来作证和记录了。

　　还是去年暮春时节，我和朋友们相约来到九龟山。

　　上山的路蜿蜒曲折。所谓山，实质为高不过200余米海拔的山丘，远比不过华山的巍峨和泰山的雄壮。但山不在高，有仙则名。也无仙人，却在山前碰见一位鹤发童颜的老农，阳光下眯缝着双眼，跷脚坐在自家楼房的廊檐下，抽着水烟袋，瞅着院坝中洗澡盆里相互嬉戏打闹的两个顽童，招呼着在屋前采摘桑果的游人。一畦畦碧绿的桑树在视野里汪汪地快要滴出油油的色泽，和着麦风吹过的音符，激荡着我们久居城市放归山野的心灵。还等什么呢？呼啦一下，我们全部跳进桑林中，欢呼着采果，大颗地吃，全然不顾吃相和品性，像饥渴的荒漠行者遇见绿洲，自顾自享受着自然的恩泽和老农的馈赠。

　　越过桑树林，顺着宽阔的公路前行，在半山腰间古树参天的绿荫里，竟然瞥见一座红墙绿瓦的寺院。走进庙宇，转过回廊，驻足细看，才知原来这是有着300多年历史的寺庙——青山院。据该院正殿正梁记载，青山院建于清康熙三十七年（公元 1698 年），又于咸丰二年（公元 1852 年）重新修缮。全院为石木结构，占地总面积约 4000 平方米，设上下两殿，左右横堂，共六道重房，两端为转角吊楼。院内有释迦牟尼、文殊菩萨、普贤菩萨、送子观音、地藏菩萨、白鹤仙师和孔夫子等石刻造像 100 余尊，院墙上有水涌青山院壁画。

殿中置放的一块匾额吸引了我的眼眸，上书"祥云广被"四个大字。青山院的虔诚守护者——杨兴涛老人，热诚地为我们讲述着青山院的历史和传说。原来这是乾隆十九年（公元 1754 年）进士、嘉庆皇帝老师、大足人刘天成亲笔题写的。他曾于清乾隆十三年（公元 1748 年）前后，在此读书、授课，并被寺院一位得道高僧成器引为知己，这四个大字，就是赠送成器和尚八十圣诞和寺院开光典礼的。

据说刘天成到青山院读书时，还是一个十六七岁的英俊少年，一日帮一少女过河，事后其作诗赞曰："少女临江隔岸愁，书生权作渡人舟。她将花手攀素手，我把龙头抵凤头。三寸金莲浮水面，一江春色涨江流。轻轻涉过芙蓉岸，默默无言各自羞。"谁知一年后刘天成新婚，花烛之夜掀开新娘盖头，双目相视，皆大吃一惊，原来这新娘就是他背过河的少女！自此后，在九龟山方圆数百里的青山绿水间，也有了一个浪漫的爱情故事在流淌。正如同今天的青山院，殿堂巍峨，晨钟暮鼓，为世人景仰。

杨老先生还给我们说起了九龟山的来历：在很久以前，青山院的老和尚梦中遇见一位年迈的母亲，跪地央求他收留自己的九个儿子。"我有事情要忙着赶路，而且已经老了，没法继续照顾我的九个儿子，我想让他们在你的庙后山上长住下，希望你能多多照顾他们。"看着白发皤然的老妪，和尚不禁动了恻隐之心，关切地问道："那你的九个儿子都叫什么名字呢？""你就按照他们住的位置东南西北金木水火土取名吧。"翌日，老和尚到后山一看，发现九块巨石宛如乌龟横卧山巅，只是不见老妪踪影，方才醒悟自己遇见了仙人。许是仙人也慕这样的人间美景？当她在其中的一块巨石上留下脚窝印迹时，心情该有多么的不舍和惆怅。老和尚依循仙人旨意，依次为龟石取名，并把留有脚窝（后人称为天星窝）

的巨石取名神龟。

出得庙宇，步过青草丛生的石径，攀上一个高地，放眼四望，周围古树蓊郁，中有巨石匍匐。九块形似乌龟的巨石分卧山巅，分别镌刻着"神龟、灵龟、火龟、水龟、山龟、筮龟、文龟、宝龟、筌龟"等字迹，至今仍清晰可见。我们气喘吁吁地爬上神龟巨石，果然发现积水。目测传说中的"天星窝"，深50—60厘米，直径约60厘米，当地百姓盛传此石窝久旱不会枯，曾有人专门把水舀干，结果第二天又溢满了水！难怪民间至今还有故事赞誉此山的神奇：宋代一位落第书生经高人点化，坐在九龟石上苦读一月后赴京赶考，一举夺魁并官至首辅。后人由此视九龟山为"出将入相之地"，并在离此不远的地方为这位书生修建了一座"状元坟"。

神龟石上，居然蓬蓬勃勃地生长着许多野刺梨和三叶果，红亮而圆润的野果子垂挂在悬崖边，在阳光下闪着动人的光泽，引诱着我冒着危险不断采摘，不停咀嚼，不住感叹，那久违的乡野味和之前的桑果甘甜，化作丝丝的春雨滋润了心田，想来仙界王母的蟠桃盛宴也怕难敌眼前的春光和盛世！

九龟山的美不止有动人的传说，它的精气神更应该是由那屹立山间数百年的红豆杉、楠木林以及黄葛树所诠释和升华的。山中至今生长着大量国家二、三级保护树木。神龟旁边树龄300年以上的黄葛树，须由四人合围，树干高六七米，树冠散开宽约十余米。苍劲的根，遒劲的枝，摄人心魄。古时被喻为鸳鸯树的楠木也独独情钟此山。据说九龟山上原有6对楠木，2003年7月，其中一对楠木的一棵被雷击后慢慢死去，而另一株未被雷击的楠木，竟于2007年随之而亡。树的爱情故事尚且如此催人泪下，我就想何况世代生活在这里的人们呢？至今在山上的5对楠木，树龄都在200年以上，仍旧演绎着比翼连枝的爱之恋传奇。我轻轻地来到文龟身旁，抚摸着一棵直径二三米、高六七米、须由两人合抱的红豆树干，心中的情愫如春草蓬生。"红豆生南国，春来发几枝。愿君多采撷，此物最相思。"正是春光激滟的时候，眼前的红豆杉爆吐着新绿，想象着秋光乍现的季节，那红艳艳的果实，会引发几多人的相思和情怀呢？

伫立九龟山之巅，放眼四望碧绿的山野，歌者引吭，其乐也融融；游人怡然，只道是春光胜景无限好。我深深拜谒着这片土地的神奇和多情。九龟山，因着一个美丽的传说，那浪漫的爱情故事和天地间最美的爱情树完美地融合在一起，应和着青山院的美妙禅音和春光，蕴藏着蜚声海内外石刻之乡深厚的人文底蕴，从不与尘世争宠，只在远山的一隅，静静地闪放着夺目的光芒！

天山水韵

3月11日，这天，天气很好。

因了晚上一场连绵的春雨，早晨的空气便格外的清新，阳光也似乎更加明媚。一路上，小鸟不停地啁啾，悦人耳目；空气中和着泥土芬芳的气息，沁人心脾；一片雪白的梨花和李花，渐欲迷人眼时，上游水库便呈现在视野。卸下厚厚冬装的我们，是欢呼雀跃着扑进它的怀里的。

天真蓝啊。不见一丝云彩，一如水洗般明亮、透彻。浩渺无边，令人遐想。

山也青青。翠绿的山冈间，突然就有一巨石兀立在眼前，或者几株碧树高耸于山尖。那时，便感全身的细胞都是鲜活的、激动的。

而最清新、最真切的感受，是来自我们的身下。虽然隔了一条船，但我觉得是躺在了水库轻柔的怀里。它是一床柔柔的棉被，我们是新生的婴儿，就那样自由自在、满怀希望地在它的梦乡里遨游。蓝蓝的天，青青的山投影于翠湖，描绘成一幅立体生动的画，我们便又都成了画里的人。

摇桨的是位憨厚朴实的天山人。古铜色的脸，长满厚茧的手，地道的山里口音。心想喝这水长大的人该是至纯至真的了吧。躺在船舱，头上没有遮阳的篷，可以极目赏那山、这水。

耳畔飘来微微的风，略带甜味。这是划船时从湖中带来的。桨片在湖中有规律地一起一落，水珠便一滴滴溅落，很清澈，但汇入水库中，便立时成了汪绿一片了。翻起的几朵浪花,漾开去,成了涟漪。

木船在一点点前行。行至山涧边,可见岩石裸露在水里,岩纹历历在目。

船的前方很平,没有一团泡沫,也没有一点音迹。远望,就像一块绿绸,铺放青山间,一缕薄明的雾,在其间隐约缭绕。

船至申家村后,水位渐浅,当中一石桥架于两岩,古朴、典雅,便有一种空旷美。桥边一少女正置办嫁妆,红朗朗一片,与水相映,整个水库都欢乐起来了。

一个小时后,到得源头,它位于重庆市大足区的洪溪村,是条小河沟。涓涓之流,自一堤堰洞口下,汇成了苍茫浩荡的上游水库,供给着整个大足县城居民的生活用水。伫立堤坝,凝望足下,看水库万顷碧波,想人生,也应该是如此走过的吧!

幽幽黄宅

8月15日晨，雨后初霁，骄阳炫目。出棠城，往西行，寻黄宅。

黄家大院坐落在大足县龙岗办事处的前进村。绕道管件厂，隐约可见一崭新的农民新村。街后，玉带般的小河飘然而过。跨过河堤，往前行百余米，黄宅到也。

驻足观望，见占地约5亩的黄家大院一派森严，壁柱全用上等柏木雕绘而成，历经200余年，仍可见当初恢宏壮观的气势。

宅前右侧，一丛绿竹下，高耸着一道飞檐翘角的大门。门前建高约一米的八字墙。墙上有精雕细琢的花纹，仍历历在目。岁月无痕，但风雨却剥蚀了这大门昔日亮丽的色彩。阳光下，紧闭的大门仿佛向世人述说着华年的流逝和世事的沧桑。已近古稀之年的黄家第十八代子孙黄仁康老人，成了一段历史的见证人。他说，自己18岁那年结婚时，新娘子刘国秀就是坐着大花轿从这门里嫁进黄家的。自然，黄家的女儿出嫁，必须要迈过这门槛方行。这大门维护着黄家的尊严与气派。但是，就在前几日，还有几个黄家小青年嚷着要把这门拆了，卖了木头买电视看。黄仁康老人坚决制止了这件事。"老祖宗留下的，不能毁掉。"他掷地有声地说。

来到正院，见高高的石阶上，左右各摆放两根又长又宽又高的条木凳。垂暮之年的黄家媳妇吴建珍老人手持念珠，坐在凳上专心养神。有人来访，老人异常高兴。她说这凳子是柏木和黄柠树做的，最重达 300 多斤，有 5 米长呢。这整个大院都是用柏木建的。两个儿子外出打工了，孙子也不愿住这又破又旧的木头房子了，他们在新村买了砖瓦房。只有她舍不得丢弃这住了几十年的老房子。

迈进高高的门槛，置身叫作"下天堂"的屋内，门楣正中"黄氏祠堂"几个大大的字映入眼帘，其下悬挂两块匾额，右写"盛世干城"，左书"文苑先声"几个流光溢彩的大字，题名四川督学院吴某。多少年过去了，这字体仍然溢彩，只是屋里杂草堆积，水坑污秽不堪，几扇石磨躺在街沿，遍布青苔。

再上台阶，便至"上天堂"。满堂的匾额、对联，令老屋熠熠生辉，也透出缕缕幽香袭人的书卷气。两根如同前院阶沿上的木条凳，早被人坐得油光水滑的了。黄存元是现黄家最高长辈。他说，黄家祖籍湖南，湖广填四川时，迁来五弟兄，其中一个便定居于此。老祖宗很能干，辛辛苦苦挣下一笔可观的家业。儿子娶的是荣昌知县的女儿，还是老祖宗亲自去下的庚帖，仅陪嫁衣服就有 108 件。黄家大院正向有 5 间大木房，两侧 20 余间偏房错落有致，雕栏玉砌，曲径回廊，煞是气派。现在繁衍的子孙有 140 余人。开清明会时，这祠堂连空隙都坐满了人。可老人家面对香炉时，也有一丝惆怅和无奈。他说人都搬走了，房子也破烂了，前年开清明会时，他号召每户人家按人头收了 5 元的维修费，但这只是杯水车薪，房子仍坍塌得厉害。更令他生气的是，黄家愧对老祖宗，现在居然连一个初中生都没有。黄家的字辈"红惟孔孟道文章，德仲纯如体性昌，由义存仁常守正，勇崇宗本大邦光"。想来，也的确有悖祖宗的遗愿。

不过，从黄家大院搬到新村去的人，日子总会一天比一天好的。远离这寂寥的黄家大院，未必不是他们开始一种新生活的起点！

这是公元 2002 年 8 月 15 日那天我去过的黄家大院，至今已经有 10 余年的记忆了。今年春节我再回故里，重庆市大足县已经成为大足区，绕城高速已经修到了龙岗镇的村寨，虽然我没再去黄家大院，但我相信它一定被完好地保存下来，成为历史的主人和记忆。而我也有理由相信，从黄家大院搬出去的人，一定在城市的某个高楼里，正享受着富足而安逸的生活。

嘉陵江之恋

JIALINGJIANG ZHI LIAN

心上青居

春·丝韵青居

万壑树声满，春风江河青。

此乃唐代大诗人杜甫言说的嘉陵江。风鼓荡着我的心怀，我的想象便如种子破土般恣意生长、蔓延。

那个春天那个清晨，诗人思绪满怀，沿江踏歌而行，过秦关，跃剑阁，遏阆水，去赴一场心灵的约会。他是不是在长安望见了嘉陵江最柔美的地方……南充高坪的青居镇，岁月也不禁为一黛碧玉的青山云雾撷住心怀，踟蹰流连，诗意成永恒？！而我穿过时光的岩壁望见这一天，远方的诗人飘然而至，驻足在小镇的隘口，风翻飞了他的素衣长袍，他紧蹙的眉尖也若兰绽放，一身的仆仆风尘刹那间被释放殆尽。

小镇悠长，枕着一条玉带般翩然而来的嘉陵江水。世人只道烟花三月下扬州，殊不知这青居三月风光更胜人间天堂苏杭。一座座亭台楼阁水榭，香映着足底潺潺而过的流水，于若有若无的古筝声处，闪出那红锦绿缎的妆容，又送来美妙的歌声和吟诵音。只比那镇头含翠吐绿的棵棵桑榆，醉了心海！遍寻古镇春色，家家户户机杼声声忙。洁白的桑蚕，长长的丝线，千年绸都的南充触碰了诗人的脉搏，拉长了诗人的情怀。

小镇奇特，它的前方是一个偌大的绿色圆形大坝，青草萋萋，绿桑茵茵，江水四围盘绕而过，大坝宛然在水中央的伊人。根据测量，大坝度数应该是359度，小镇因此像一个足月就要分娩的孕妇，挺着一个硕大无比的肚子，婴孩就在腹中生长着，满含着希望和激情。它万万不知道，其枕下的嘉陵江水竟然是一条江的瓶颈和咽喉，度数仅仅为一，就那么一掐，江的上游和下游就互相通畅了。理所当然成"嘉陵江第一曲流"。

小镇欣然领命，授予那些南来北往的拉纤人。也有那红墙绿瓦的客栈，住着三三两两的拉纤人和船夫，说各种口音，却都豪情满怀，就在推杯换盏间，把"朝宿青居，暮宿青居"的故事代代流传。不是吗？他们早上落宿在这家客栈，沿着大坝"伊人"拉了一天船后，晚上依然回到前夜落脚的地方，和昨晚认识的伙计们继续喝酒。

夏·清清嘉水

"千里嘉陵江水色，含烟带月碧于蓝。"

一代才子饱蘸笔尖浓情，展望一黛碧玉的烟山，聆听若有若无的翠柏音涛，凝视一条江大家闺秀般低眉顺眼于青山，坦荡襟怀，纯净得可以照人，在其足下悄语，却又被暗流推搡着东流，只好波澜不惊地袅娜而去。只剩苍山惆怅，森木凝滞，鸟儿无奈，诗人伤怀。

走过李商隐的思路轨迹，视野里的景象宛然一盘录像带回放：巍巍秦岭源出涓涓细流，它一路纳溪成河，汇聚成川，终成长江最大支流……嘉陵江。她一定是秦岭孕育的仙子，仙袂飘飘，玉带缠绕。在广元武皇故里写尽风流传奇，在风水古城阆中留下无数篇章后，才放慢脚步，在青居与烟山深情伫望，打了一个大大的心结，锁住尘封已久的情感，留下一段娇美的身姿，倾城倾国，才恋恋不舍奔海而去。

沧海桑田，岁月更迭；诗人已去，江水独流。那些年，那些事，都化作历史，泛沉沙海；几多忧，许多愁，都化作江水，随之东流。唯有嘉水巧笑倩兮，美目盼兮。她还是那么清朗可人，还是那个十八岁姑娘的模样，浅浅吟唱着，把一颗纯净洁白的心灵敞开着，裸露在四川南充一个叫青居的地方。

那个夏日的下午，我沐浴着金色的夕晖，穿过一大片茂密的柑橘园，再走过一条长长的石板路，在一丛竹林婆娑起舞的地方，视野拥抱了一大截河流遗落的树桩后，满心欢喜地抚摸了"青居古渡"这块石碑，又试图踏上泊在岸边的小舟，但船身抗拒外来者的"入侵"，左右摇晃，吓得我花容失色，只好作罢。潮涨潮落时，沙滩鹅卵石横生，极不起眼的小鱼小虾在罅隙蹦跳着，歌唱着自己的生命和生活。村妇捣衣捶棒的声音，让偶尔驶来的渔船大吃一惊，急急抛洒一串洁白的水花，又匆匆撒网而去了。一排大雁优雅地成行成双，慢慢朝我头顶飞了过来，是不是古渡的涛声和故事惊扰了它们的梦魂？那些鸟儿们竟然一下子乱了阵脚，歪歪扭扭地飞过了河流，飞过了橘园，飞过了山川，飞到了天际。

秋·云上曲流

青居小镇傍倚的山名烟山，又名黛玉山，紧随嘉陵江水碧波涌，深情遥望，又暗自无言。山顶，鱼白色的天幕垂挂下来，罩住了云雾缭绕的烟山，写意出一幅朦胧辽阔的山水画来。山尖的树们影影绰绰，蓄满力量，努力向上，想要剑刺天宇。料想事难成，只好回转身，把一汪深绿泼墨般倾洒开来。云见此状，全力倾爱，迅即裹住树影，那山那树那云交融在一起，迷离梦幻，南充古八景……青居烟树由此衍生。

许是追梦大诗人们嘉陵江畔行走的足迹，抑或丝韵气节的嘉陵风光心系了众多华夏儿女们的情结，2012年深秋的一天，央视《远方的家》栏目组走进了青居镇。我陪着年轻的女导演王宇，和女主持李七月以及摄像师们一起，反复研究讨论和想象着青居的过去、现在，它是最能代表嘉陵江段的柔和美的。当年的拉纤老人沿着青居电站大坝且走且停，面对江河和镜头，不时陷入沉思，有伤感，有怀念，也有梦想和欣慰。不久后，青居雄浑而略带感伤的历史印迹就通过屏幕上老人的叙述传到了海内外。

要想把青居凸挺的大坝和周围缠绕而过的江河，更加形象直观地展现在观众们的面前，真不是件容易的事儿。那天早上，我们一行人刚把摄像机架子等搬至淳祐古寨山上，选好点位对准"在水伊人"，眼看嘉陵江第一曲流就要完美地在镜头前延伸和闭合，天空突然飞起了蒙蒙细雨。刹那间雨雾缥缈，烟气从山底袅袅上升，弥散在了身边的树丛和草木间。青居烟树风云迷离突现，让人们又喜又忧。俯瞰第一曲流，婉约朦胧，像躲藏在云间的仙子，又若邻家姑娘，犹抱琵琶半遮面容。

这可真是难得的景致呀！年轻的小王导演一拍巴掌，"这么着，李七月，你就把青居第一曲流用语言描述出来！"呵呵，大家后来看见的，就是小姑娘深情讲述的青居奇观景象了。

冬·婆娑橘园

这是初冬的一个下午，太阳很红火。金色的阳光瀑布般从烟山飞扑下来，练绸一样裹住青林公社的村庄，包围果园，竟然催生出一幅浓墨重彩的山水画来。红了果子，绿了芭蕉，灿了山峦，清了江河，我的心重又欢喜起来。

我从果城开车出发，初沿着嘉陵江宽阔的公路行驶，后穿过一段清幽曲折的乡村路，再驶过一栋栋红墙砖瓦的农家房舍，不一会儿就到青居镇了。轰鸣的浪涛声鼓荡着耳膜，提醒我小镇枕下的那一带江水，已经修建成电站了。我伫立在隘口，不禁想起自己亲手描绘的杜甫情动青居的画面，兀自惆怅了好久。桑女歌声不再，农妇机杼声不再，船工号子声亦远，唯有大妈们三三两两闲聊的身影显

示出小镇些许的生气和无限的落寞，一幢幢飞檐翘角的小别墅显示出当今的富足和安详。

村头大妈家的院坝堆满了刚采摘的橘子，小山一样，金灿灿地发着光，映着楼房门楣和大妈的脸，使整个果园都兴奋了起来。

橘子们像约好了似的，或者都化好了妆，一下都笑红了脸，花枝乱颤地挂在枝头，等着人们的青睐。叶子们却都很老陈，每一片都写满沧桑，冷静地等待手指穿过它们的发梢。树根稳稳地抓住江边的沙滩地，把头深埋进沃土，托举出一棵粗壮而挺拔的干来，把一树的风景都完美地呈现给每一个走过它身边的人。

我钻进橘子林，走过一棵一棵的橘子树，走过一片又一片的风景。我仿佛听见它们的心跳声，看见它们正在拉着家常，或者歌唱，或者恋爱，或者过着一种简单的生活……这时，我笑了。茂密的橘子园惊诧于我的忘形，瞬间静寂无声。我想哭，多么美的橘子园啊，空气是那么清新和芳香，土地是那么肥厚和生态，采橘子的太婆是那么的淳朴和善良……她只是把最大最美的果子使劲往我手里塞，我有多久没有体味到这人间最原始的美了?!

我走过的橘园，有一个古老而永恒的名字——果州之源！我走过的青居，是一个可以栖息心灵的家园！

嘉陵江之恋

　　君住嘉陵江中游，我在嘉陵江之末。涓涓泉水源出巍巍秦岭，她一路南下，沿途纳溪成流，汇聚成川，终孕育出母亲河长江最大支流。这浩荡江水奔流到广元昭华古城后，拥青藏高原南麓跋涉而来的白龙江和清江入怀，与四围冀山深情相望，恋恋不舍到苍溪。许是红军渡的涛声惊醒了她的梦颖，江水缓缓而下，蜿蜒而至阆中古城；仿佛一生只为一个人，她羞赧着脸扑入古城的怀抱。因了爱情的滋润，又被武胜龙舟千年的竞渡声撼动心魂，在合川丰盈了涪江和渠江的念想，积淀了"上帝之鞭于此折断"的英雄故事，她才笔走龙蛇般在滩涂与山川之中游弋，终在朝天门以优美的身姿投入母亲长江的怀抱。

　　迢迢奔来的嘉陵江宛如一条碧绿的绸带，在山城系了一个美丽的结。因这一江水之缘，我和丈夫在重庆相恋。没曾想她就此竟然挽系了我和丈夫的手，并牵着我走进了她的怀抱——南充。

　　真正走进嘉陵江，是我们初识后的第一个春节。和夫相携回婆家。两地相距三百余公里，乘长途客车7个多小时后，至嘉陵区凤垭山。一片青松林海突现眼眸，但见林海下一江水，舟自横，芦苇扬。那湾江水清澈得像一块碧玉，水波不兴，温柔地绕过山峦，湿湿地浸润了我的心灵。芦苇在沙滩地簌簌地飘摇，曳出一江两岸的无限风情和柔美。我屏住呼吸，嘉陵江跳动的脉搏仿佛触动了我心灵！但凡有江河润泽的地方，一定是人杰地灵的。春天的嘉陵江像一首婉转的曲

子，悠悠然然地拨弄着动听的音律，飘进我的心底。因了这条柔美秀丽的江，我义无反顾地跟着丈夫走进了南充。

从此，这条江让我魂牵梦萦。我爱它的绿，它的柔。我想探寻它的过去，我想描绘它的未来。我想象着它一路奔腾而来的经历和样子。它是怎样从秦岭涓涓而出，流过米仓山的古栈道，流过武皇故里的昭化古街和红军渡，流过阆中的古城和锦屏山，流过周子古镇的相如长歌和濂溪祠，流过合川的钓鱼城，流进长江的朝天门……她分明就是一首奏响在华夏西部的钢琴曲，飘扬在高山与盆地和丘陵之间，时而激昂时而舒缓，时而欢快时而低沉，就那样憧憬着海的梦想，逶迤而来。

是天人合一的昭化和阆中古城赋予她女性的柔美和秀丽了吗？抑或南充青居古镇的烟树婆娑了她的倩影？一定是嘉陵江第一曲流锁住了她的情感和心灵。要不为什么她把最柔美的身段留在了南充呢？我时常伫立在南充嘉陵江大桥上，用欣赏的眼光审视着我的第二故乡，它在日新月异变化着、发展着。我清楚地记得，我1995年第一次回南充，那时候婆家住在北湖公园后，有高高的围墙遮拦。偶然可瞥见墙内菊花正灿然地开放着。"北湖以前是农田，小时候我们经常去抓鱼、采莲。"看见人们在公园内舞剑打太极，先生不禁感叹道。穿过市宁安巷，迈过几条胡豆花盛开的田埂，至正在修建的火车站。"南充马上要通火车了！我以前在北京上大学还得跑到成都去坐车！坐汽车也要七八个小时呢。"先生既怅惘又很高兴地说。转过火车站，淌过一湾水田，钻进茂密的柑橘林，隐约可见西山翠峰挺拔于城市之际，如一道天然的屏障护佑着生活在这里的人们。

那时最热闹的要数模范街周围一带了，赛丽斯是标志性商厦，辐射至文化宫和果山公园。房子虽然陈旧，却掩饰不住人们喜悦的神色，因此到江边放风筝的人就多了起来。先生说：他小时候历经洪灾之苦，有次洪水曾经淹没大半个城。看着面前逶迤而去的嘉陵江，波涛缓慢而低沉，魏继新的小说《燕儿窝之夜》中描写的洪水滔天的画面重又在我的脑海里翻滚。掬一捧江水，我知道：那个风雨之夜已经永远定格在历史永恒的画面中，南充正以柔美而骄人的身姿展展现在世人的面前！

身为《南充晚报》的一名记者，我亲眼见证和目睹了南充神奇的变化。一幢幢高楼大厦在嘉陵江边奇迹般崛起，一条条高速公路在南充周围玉带般伸延……飞机、动车等快速现代化交通工具，把南充和全世界相衔，南充已经成为川东北一颗璀璨的明珠，成渝经济圈中的重要交通枢纽和商贸中心。此时的北湖公园已经破墙开放旅游，嘉陵江的水也直接引进了公园里，湖中绿波荡漾，小鸟翩飞；南门坝生态公园绿树成荫，流泉飞瀑与落红，描绘出一幅立体的嘉陵风光图；钟灵毓秀的西山风景区引来凤筑巢，国内一流开发商乘兴而来，旅游更上一层楼；五星花园周围商厦林立，大都会、新世纪等商城，昭示着无比的繁华与兴旺；报业大厦和广电大厦拔地而起，北湖盛景和天赐银座等高档楼盘也闪亮登场；坚固的西河防洪大堤和南充滨江大道车流如织，最美华灯初上时刻，一边是城市熠熠生辉，一边是嘉陵江水潺潺而过。我和先生不禁惊叹：好一个诗意而繁华的现代南充城。也许，魏继新老师《燕儿窝之夜》的惊涛与骇浪，只能永远沉积于我的记忆中了？！

我就这样爱上了嘉陵江边的这个城市——南充。每逢周末，我总是喜欢开车到嘉陵江边，踩着圆圆的鹅卵石，拨开飞絮漫天的芦苇丛，在一群野鸭或者白鹭飞处，看江水缓缓而流，看旖旎的西山连绵在南充的天际，看一抹黛绿温馨了我生活了近十年的这个城市，看橘红的夕晖涂染了那鳞次栉比的高楼。这时候，我的心总是这样被夕阳温暖着。温暖如丝，缠绕着我的心灵。嘉陵江边的这个城市，因着绿的氤氲，因着水的轻灵，才有那灵动的茧丝织就的绸，裹住了我这个外乡人。我爱绸！那轻轻柔柔的丝绸，成了我永远挥之不去的绪。绪里有三国的剪影，黯淡了的是刀光和剑影，袭人的是书卷的清香，淡淡的，芬芳而甘甜！绪里有阆中古城和周子古镇的清幽，它像一卷诗书，每每勾起我最强烈的渴望，读懂它，读透它！

我虔诚地翻开书页，嘉陵江的丰碑应该是由她深厚的人文历史和故事铸就的，这才是她的灵魂。大禹治水嘉陵江的传说丰富了我的想象，所以我看到了剑

门关五丁开山的壮观画面和昭化古战场的烽火硝烟，与阆中的人类始祖华胥擦肩而过，为蓬安的画圣吴道子研墨，听周敦颐如何演绎《爱莲说》，在司马相如的《凤求凰》中迷醉，遥望陈寿伏案疾书《三国志》，感到华蓥山的红色革命精神流淌进血液，合川的钓鱼城之战灼痛了眼眸，朝天门的洪崖洞攫住我的心魂。

利用记者的身份，我采写了嘉陵江边一个个具有传奇色彩的人物：巴黎博览会上获得金奖的营山竹编大师何启荣，国内著名剪纸大师何厚麟，著名皮影大师王文坤，川剧华表奖获得者陈雪；还有那神奇的营山翻山铰子、蓬安蚌壳舞，川东北大木偶等……凡此种种，可窥管中之豹！她那一颗颗晶亮圆润的珠玑，如串起的一条精美项链，洒落在华夏西部，像明珠般沉淀在历史的沧海里，成为永恒的记忆。

嘉陵江的美璀璨夺目，赢得央视、凤凰卫视等高端媒体的青睐。2012 年 6 月，我陪中央电视台《走遍中国》栏目主编王承友和导演温普庆等人到南充拍摄旅游风光片，其时我已调至市旅游部门工作。不必说嘉陵江南充段朝发青居、暮宿青居的世界地貌奇观——359 度大回旋嘉陵第一曲流；也不必说沙洲绿草茵茵、江岛牧牛成群的中国最浪漫休闲家园——嘉陵第一桑梓；更不必说三面环水、四面靠山的中国风水文化之大成——阆中古城，当年吴道子挥毫泼墨的三百里嘉陵风光大美风景图一一再现，震撼了走遍中国山山水水的他们。发源于秦岭的嘉陵江，流经陕、甘、川、渝四个省市后，把最美的身段留在了南充。2013 年 1 月，我们带着嘉陵江南充段旷世夺目的美，在香港尖沙咀最繁华的地铁出站口，把一幅幅精美的南充本土摄影家的作品以直观形象的方式展现在境外同胞的面前。这是一颗颗闪耀在华夏西部的灿烂明珠吗？人们纷纷驻足品鉴细赏，分享着这来自中国大陆深处的美。嘉陵江的美是属于南充的，更是天府之国四川的骄傲和自豪，她也应该是属于世界的。嘉陵江的美，正渐渐走向世人！

2014 年 4 月 28 日，蓬安第五届嘉陵江放牛节暨嘉陵江寻美活动拉开帷幕，由南充牵头，陕甘川渝四个省、市联合开展寻找嘉陵江之美的大型文化旅游系列活动，为期 5 年，每年一个主题活动，包括寻找嘉陵江边最美女儿、最美风情小镇、最美观景点、最美湿地公园和最美摄影地……只愿昭化的山更雄伟，阆中的水更清澈，钓鱼城更葱绿，朝天门码头的汽笛声更悠远！我只希望她闪耀的光辉，从帕米尔之巅到东海之滨，从漠河之北到南海之南，穿透宏伟辽远的喜马拉雅山，到茫茫的大西洋之岸。中国的嘉陵江，生命的嘉陵江，我灵魂的嘉陵江。嘉陵江如一块温润的玉石，已经融进我的血液和灵魂了；婉转的嘉陵江也如一首优美的曲子，浸润了我的心灵。就像我和丈夫已经二十年的婚姻，执子之手，与子偕老。

阆中之恋

　　《中国国家地理》曾经对四川省南充市的阆中风水作过这样的描述："千水成垣，天造地设。"阆中四面山形如高门，因名阆山；嘉陵江流经阆山下，因名阆水；城在阆山阆水之中，故名阆中。

　　巍巍秦岭，源出涓涓细泉，她沿途纳溪成流，汇聚成川。自陕西凤县嘉陵谷奔涌而出后，终孕育出母亲河长江最大支流——嘉陵江。这浩浩江水霾峡谷，斩险滩，一路滚滚东来，蜿蜒而至四川省南充市的阆中古城。江山是如此多娇，仿佛一生只为一个人！此时的嘉陵江突然温婉多情起来，像一位怀春的妙龄少女，颔首低眉，羞赧着绯红的脸庞，用曼妙的舞姿，以婀娜的身段，把等候于此地多时的古城揽胸入怀。

　　"千水成垣，天造地设。"三面临水、四面环山的阆中古城，以绝佳的风水、独有的地理优势、别具一格的建城体系和丰厚的人文资源，凝聚成一座丰碑，宛然一位铁骨铮铮的汉子，中流砥柱于四川盆地东北部的嘉陵江中游。

　　清晨，登临古城原点的中天楼，踩着漆黑铮亮的木质楼梯，仿佛穿过了时空的隧道。你一定能感受到古城有力的呼吸和强劲跳动的脉搏，这完全来自他有着2300多年雄厚底蕴的建城历史。战国时他为巴国别都。公元前314年，置阆中县，后历代王朝都在这里设置郡、州、府、道、治所。透过精雕细琢的户牖，凭栏远眺，古城之外，江水浩淼，碧波暗涌；舟楫渔歌，青山对峙，真道是三面江光抱城廓，四围山势锁烟霞。目极黎青色的古城紧偎鳞次栉比的一爿灰白色高楼，极像一个天然的太极图，想他也极具天时与地利之和了！俯瞰四方，这位铁骨汉子不禁豪迈地袒露胸襟，骄傲地以古代巴国蜀国军事重镇的恢宏气势，把棋盘式的古城格局，成"半珠式"、"品"字形、"多"字形等南北风格迥异的建筑群体呈现于你面前，看那古城的檐顶一字排开去，像鲫鱼脊般有力而雄壮地叠加，仿佛他刚从亘古的洪荒蛮地走来，又要走向星河灿烂的遥远未来，相信你一定屏住了呼吸，想要凝滞时光，不忍归去！

恍若红尘一梦，念那旷世幽幽的远古，传说中的人祖母亲华胥单单钟情于此处风水福地，在阆中南池（今七里坝、马驰坝整个地区）边孕育生下伏羲，文字记载见于《路史》："太昊伏羲氏，母华胥，居于华胥之渚。"对于这个记载，《路史》作注说："所都国有华胥之渊，盖因华胥居之得名，乃阆中渝水也"，后伏羲降生的地方便名为凫慈乡。阆中人民今还特地在逶迤连绵的青山下和婉约秀美的嘉陵江边修建了一个气势恢宏的"华胥广场"，以纪念这位中华人类始祖伏羲、女娲的生母。阆中是华胥的故乡，美丽的地方衍生出人们美好的祈愿，像月华辉映了现实的星空。

浩瀚宇宙，群星闪耀。落下闳，前人称他为"前圣"，后人尊他为"春节老人"，中国人将他的名字嵌入"太空"，外国人评价他是"灿烂的星座"。这位世界级的天文学大师，欧洲一些国家至今每年都要举行一次仪式纪念他；2004 年，联合国教科文组织为使这位了不起的阆中古人的名字与业绩能与日月同辉，特地将 16757 号行星命名为"落下闳星"。

"春雨惊春清谷天，夏满芒夏暑相连。秋处露秋寒霜降，冬雪雪冬寒又寒。"《二十四节气歌》这铿锵有力的音律，响彻云霄。它像一位神清气定的老人，虬髯铜须，目光如炬，穿越历史的长河，从西汉飘然走来。不错，这二十四节气的发明人，就是汉武帝时期的阆中人落下闳。

时光逆回到公元前 110 年（元封元年）的一天上午，长安古都，汉武帝正焦灼不安：秦以来的轩辕历一直被沿用，但它却不能准确地反映四时交替和天象

之变。谁能助我改革历法，造福子民？！司马迁见状斗胆进谏：阆中人落下闳可以！诏命在肩，落下闳星夜起程直赴长安，从此三年，潜心钻研。他结合半生的观天实践，重以观测数据为依据出发，并根据观测天象的需要，研制出了我国历史上的第一台天文仪器——浑天仪。他又借助该仪器准确地观测出了日食周期，科学地提出一个月等于 29 又 43/81 日的观点，故又将其称为"八十一分法"。落下闳还竖竿观日，以竿影长短确定出"夏至""冬至"，又根据一年中昼夜的长短变化确定出"春分""秋分"。在此基础上，又进一步确定了立春、雨水、惊蛰等二十四个节气。二十四节气明确了一年中播种、收获的时间，预测雨水的多少及霜期的长短，农民们可依此规律有序地安排农事。

汉武帝锁紧的眉头终于舒展了！他对落下闳制定的新历法非常满意，为之定名为《太初历》，并改元"太初"，在泰山举行隆重的封禅大典，庆贺新历法诞生。该历于公元前 104 年实施，确定以一年的孟春为岁首春节。这《太初历》，就是沿用至今的中国农历。《太初历》诞生后，落下闳辞官返乡，归隐故里。在阆中，落下闳被人们亲切地称为"春节老人"，每年过春节时，百姓都要焚香设酒，祭拜这位"春节老人"；并在临江的锦屏山上，在他当年观测天象的地方修建"观星楼"和铸造青铜塑像以作纪念。这位两千多年前的智者，栉风沐雨在嘉陵江边，那瘦削的身形，清癯的面容，深邃的目光，深深地感动着每一个来到他身边的人。

追寻着"前圣"的足迹，在中国历史上关于天文和风水等方面有着重大影响的两位人物也先后在阆中天宫院自选墓地，这就是李淳风和袁天罡。李淳风在贞观年间先后制成六合仪、三辰仪、四游仪、黄道浑天仪等当时世界上最先进的天文观测仪器，后又学习相术、阴阳风水，对中国最神秘的《周易》《相经》等书进行校正注释。在朝 48 年，受到唐初李渊、李世民、李治三代皇帝的重用和拔擢，至今在阆中的柏垭镇仍然保留"淳风街"来纪念他。袁天罡是中国历史上著名的天文历算学家、星象师、风水相术大师。著有《五行相术》等风水方面的著作。那时的阆中天宫院，是盛唐时期民间天文术数研究中心，也是世人顶礼膜拜的圣地。在时间的长河中，天宫院以独特的地理风水、天文术数、古驿道、三国和宗教等文化，凝结成阆苑仙境中的一颗璀璨明珠，闪耀出夺目的光彩，辉映着历史的星空。如今，天宫院村的村民们日夜守护着两位深埋于此的"圣人"，在世人惊羡的目光中，过着恬淡闲适的生活，固守着美丽的家园，也成了远近闻名的长寿村。

念天地之悠悠。是夜，大红的灯笼耀亮了鲫鱼背脊下的街巷，灯火阑珊了，意犹未尽的你猛地回到现实。如果此时又恰恰下了中天楼，穿过门廊，沐着星辉，赤脚踏过青石板铺就的一条条街道，走过长长的满是绿痕的街沿，走过至今还保存完好的科举考试场景的贡院，以及从各种精美窗花中流露出深厚底蕴和文化的杜家大院、张家小院，抑或走过飘香的素有"阆中三绝"之称的张飞牛肉、保宁蒸馍和阆中醋房，走过延续千年至今还在人工缫丝的蚕室，在这样美的天地中，你是不是已经打开一本泛黄的诗集，合着《阆中之恋》的歌词，吟诵着那美妙的音律：天地合欢的神奇，天人合一的美丽；告诉你这千年古城不老的秘密，青龙白虎相伴左右，朱雀玄武福佑前后，嘉陵梦绕渔火晚舟，一壶老酒涛声依旧，好汉张飞在等候！

巍巍松柏诉说着历史的传奇，庄严的大门迎送着南来北往的游人，全国重点文物保护单位汉桓侯祠（镇守阆中长达七年的张飞庙），是古城的一个景点也是阆中一段历史和文化的传承者。它历经 1700 余年，占地 30 余亩，祠内镌刻众多历代名人碑刻匾联，陈列武后铜钟等 1000 余件历史文物，千百年来受到人们的膜拜。张飞庙只是阆中张飞文化的一个元素，在这里随处可见与张飞有关的事物，包括全国最大的张飞头像，笔直宽阔的张飞大道，典雅豪放的张飞大酒店，行销海内外的张飞牛肉，还有阆中人民口口相传的那一段段关于张飞的精彩传说。铮铮铁骨汉子的猛张飞，已经深入人们的骨髓，直至深处。漫步古城，当今人表演的《张飞巡城》节目开演时，随着"张飞"一声地道的阆中话：众将官，给老子巡城去！那时，你是不是已经血脉偾张，仿佛已经成了张飞的一员大将，顿生捍卫足下这片土地的神圣与责任感？

江与城相拥而眠。这江四面绕山，这城三面环水。那山为锦屏，山如其名，似一带屏风驻守千年，也像这片土地上战死疆场的勇士们，挡住了风雨，倾尽了物华。历代的文人墨客感怀与此，也无不为这片土地的神奇和魅力所倾倒，唐代诗人杜甫在这里留下了"阆州城南天下稀，阆中盛事可肠断"的千古名句；苏轼赞誉"阆苑千葩映玉寰，人间只有此花新"；陆游讴歌"城中飞阁连危亭，处处轩窗对锦屏"……"秦砖汉瓦魂，唐宋格局明清貌；京院苏园韵，渝川灵性巴阆风。"历史给予了阆中丰厚的馈赠，留下了灿烂辉煌的文化和近200多处名胜古迹，至今闪烁着夺目的光辉。央视4套《走遍中国》栏目组曾两次为阆中选材制作节目，在海内外广泛播出。养在深闺人未识，一朝成名天下惊。

公元2013年7月18日下午四时左右，我率领西安成渝两地媒体和旅行社代表到阆中考察风水文化。一行人刚至古城，但见嘉陵江环面上暮霭沉沉，氤氲缭绕，而对岸青山如黛，中间古城轮廓清晰自然。众人惊呆，驻足细赏时，那若有若无飘忽不定的雾岚却又袅袅上升，宛若那衣袂飘飘的仙女，顾盼颔首，多情地围绕着古城翩翩起舞。这难道就是传说中的阆苑仙境吗？！当她来得是这样的突然和神秘时，我幸福得几乎忘记时空和记忆。这是在天街还是在地界？是在远古还是在现今？我曾数次到阆中，但有幸目睹这一如梦似幻的仙境，却还是第一次。人们兴奋至极，不停地摁动相机的快门。我相信，这是阆中给予远方客人们的最好礼物，也是人们永远珍藏于心底的记忆。

南充：嘉陵江畔最美的记忆

　　我之于南充，缘起著名作家魏继新老师的长篇小说《燕儿窝之夜》。那个惊心动魄的风雨之夜，那群骁勇奋战的南充人，这条奔腾怒吼的嘉陵江……南充模糊的影子，却让孩提时代的我刻骨铭心！初识南充，是 1995 年的春节，和丈夫相携，第一次回婆家；我走进南充，是从 2002 年的元旦开始，我成了《南充晚报》的一名记者；我融入南充，是 2011 年深秋，这年我来到市旅游局工作。南充的山山水水，就这样成了我心中最美的记忆。

古楼新韵笑春风

　　古楼村亦古。它像一位俊郎，因袭着三国文化的浓墨馨香，在西汉铁尺男儿纪信的故里，在南充的后花园——蜀地西充，传承着久远的历史文明，诠释着渊源的华夏精神，刀耕火种，蚕桑渔麻，怡然而乐。

　　古楼村也新。它濡染了桑梓民主革命家张澜先生的精气，势必也要一展春风笑开颜。你看这位英俊的少年郎，转瞬之间脱胎换骨，恰似一名美少女呢，身着"中国有机生态县"的绿罗缎，手持彩练随空舞，赤橙黄绿青蓝紫，花落古楼桃花艳。

三月三，风筝飞满天。春天如约而至，古楼村一年一度的桃花节也如期举行，更有那节日中被选拔的桃花仙子压阵这里的春天，因此，陆陆续续到古楼村看桃花的南充市民们，谁说不像那一根长长的风筝线？古楼村漫山遍野的桃花妖妖们高兴坏了，一朵朵争相怒放，极尽妖娆，分外妩媚；风儿吹过，她们还时不时地扭扭小蛮腰，扯尽人们的眼球。

好花不常开哦。春天马上来了，嘿，带上你的家人，带上你的心情，带上你最好的相机，开上你的大奔（没有大奔，奔奔也行），快去吧，到古楼村看桃花，看美女，尝美食，还在犹豫什么呢？

仙子莲花黑龙观

在酷暑难耐的盛夏，当骄阳炙烤了城市的高楼大厦，晒蔫了行道树圆润丰满的枝桠，知鸟没完没了的聒噪干涸了念想的芳泽地，有没有一处地方，可以像泉水一样激起我们夏日的浪花，沐浴我们坦荡的心境？

走呀，去南部县的黑龙观呀。

满眼的莲，一匹匹，一缎缎，摇曳在风中。它们像织在乡野里的锦绣，韵动着轻柔的碧波和情丝，与接天莲叶无穷碧的湖中莲迥然不同。那或红或白的花朵，更是一个个曼妙多姿的仙子，你可以俯下身子，走到田埂中，和她们亲吻，和她们相拥，去触摸她们的灵魂和骨髓，然后一同融化在青山绿水的乡村意境中。

天南海北的诗人来啦，书画家们也被她拥进了怀抱中。不是仙境，胜似瑶池。摄影师们怎么能错过如此美好的一刻，只在一瞬间，那冰肌玉骨早嵌进了记忆深处。

赏进人间万种花，品着黑龙观的莲花茶，唯有她那种淡然和朴素的美，定会让你不忍归去。还是化作莲中的一枝蓬吧。待花散尽，重回故里，来年再芳华！

绝美湿地构溪河

江南好，风景旧曾谙。春末夏初，一家人开车到阆中著名的国家湿地公园——构溪河寻芳问踪。且走且停，寻一处养眼的地方，把车停稳后，大人小孩们前呼后拥穿过一片茂密的树林，循着溪边青草丛生的小径，去拥抱那春来江水绿如蓝的构溪河。

当烟波弥漫的江河绸缎般凝练润滑地呈现在我们眼前，映衬着远处的山，水墨般点画着近处的古镇，游弋着若有若无的帆船和点点人影时，大家都欢呼雀跃起来：天啦，南充居然还有如此美妙的地方啊?!

最美丽的是那河岸的小镇，宛若伊人，凝眸颔首，在水一方。她只把那一幢幢红墙青瓦的小楼，那一丛丛苍翠黛绿的竹林，那一片片迎风婆娑起舞的芭蕉丛，以及那一畦畦绿油油的萝卜地和丝带般绕系的林中小径……这一幅丹青水墨画，无限风情地抛过来，直逼每个人的心底，牵动我们的情思和心怀。

这是古镇的码头吗？它蹲在一棵遒劲古老的大榕树下，悠悠然地欣赏着眼前的春景。村妇们在洗衣服，她们欢声笑语的，不停甩动着手里的木棒，敲打着衣服，声音彼此起伏，动作干脆利索，不时有水花四溅，又欢喜了旁边的小娃儿，叽叽喳喳地嬉闹着。榕树上的宽阔地，小车一字排开在岸边，来了一大群城里的钓鱼人。瞅这一个个钓友虽然着装笔挺，却在岸边上蹿下跳的，虽然钓竿精良，但无鱼儿上钩也欢乐的了不得，这哪里是在垂钓，分明大多是在河边晒心情嘛，好不恬淡闲适。此时恰逢一高手收竿，起钓几斤重的大鱼，"哟喂！"大家一阵掌声和惊呼，真真羡煞了两岸的人。

眼睛好不容易放下那大鱼儿。我们小心翼翼地坐船过河，直奔对岸的芳草地。我和弟媳仔细搜寻着绿原的野菜，见到目标就毫不犹豫地果断下手。女儿高兴坏了，和表哥表妹们捉迷藏，在林子里钻来钻去的。一声惊呼声传来，女儿应声而去，一会情报送回：爸爸和二爸找到了一丛芦苇荡，有小鱼飞跃，两个人在钓鱼呢！突然，孩子们又惊喜地发现芦苇凼边居然停放着一叶小舟，侄儿试探着

想上去，不曾想脚下一阵晃荡，吓得他脸色惨白，赶紧下船，抓起旁边的小石，憋足了劲儿就往河里扔。这可开了个好头，孩子们铆足了力，相互着比哪个摔得更远、更高。

绿原地上遍布着蒲公英和荠菜等野菜。这里土质肥沃，充足的营养把绿的草白的花滋养得丰润可人，茂盛的树叶绿汪汪的快要滴出油来，它们都蓬蓬勃勃地生长着，以不辜负这一湾水的多情和温柔。时近中午，岸上一户人家炊烟开始袅袅升起，我欢跑过去，却惊起几只大鸟，从空旷的地里飞起，又扑棱着翅膀飞到林子那边去了。

返程时，我小心翼翼捧回构溪河的两棵野花，我想把这个著名湿地公园的美移栽到我的家里，也种植进我的心里。我想让那湿地绝美的身姿，一直保留在我的脑海里。

诗情画意栖乐桠

顺庆区的栖乐桠村就像一个待字闺中的女儿，悉一身素衣长裙，手把古琴轻拨弄，掩面含羞黄鹂音，躲在西山栖乐寺山后，时时牵扯着果城人们的念想。

通常她的美要在春夏之交时才一一惊现，艳压群芳。

雨后，我时常被空气中飘溢出的泥土气息牵引，又被草木淡淡的清香迷醉，她们如同只手，牵着我来到西山，依循芳踪。

穿过隧道，便见青林。

我看见了垂果的桐子树，看见了弯腰的麦穗，看见了紫红的桑葚，看见了墨黑的豆荚……成片的枇杷树上，挂满了金黄的果子。金黄的果子边，是成片的农家乐。农家乐像美丽的蝴蝶，招引了山那边许多的人儿。人多了，就热闹了，三五一群打麻将、钓鱼、跑步、捋摘果子。

树下的沟渠里，汩汩的水流低低地演奏着一曲曼妙的乐音，间或有小鱼跃出水面，用晶亮的眼睛瞟一眼湛蓝的天和油绿的田园，又不无遗憾地回到自己只能生活的世界。唯有螃蟹勇敢地舞动着手臂，把天地间无垠的秀色揽一把在怀，然后潜伏进石头的罅隙，静静地享受这初夏的安宁，只想睡去，不再醒来。

走过青林，又见荷塘。且走且停。小荷才露尖尖角，早有蜻蜓立上头；蝴蝶后来居上，傲慢地抖动羽翼，一袭霓裳美艳惊动荷塘，不禁引来四处寻芳的蜜蜂，兴奋地哼起了小曲。躲在荷叶下的青蛙们哪里甘心示弱？一时兴起，无人指挥的大合唱竟也音律和谐动人——你方唱罢，我才登台！正啄食的鸭们立即停止无组织无纪律的嬉闹，列队钻出池塘，静观阵容。野鸟们突然蹿出田间草丛，惊飞了正低头沉思的鹅们，它们立刻激动起来，迈动优雅的舞步，赶紧引吭助兴。

"嘎嘎嘎嘎……""嘤嘤嘤嘤……""咯咯咯咯……"这是大自然给予栖乐桠五月美丽的音符。山川与草木、蝴蝶与蜜蜂……交织而成她孟夏绚烂的画卷。走进画卷，我突然想变成池塘中的一尾鱼，与这位诗情画意的女子相恋，直到永远！

舌尖上的梓橦庙村

清清嘉水逶迤东去，它像丝绸一样缠绕了南充，赋予两岸青山绿野无限柔美的风光，也因此润泽了嘉陵区的这片土壤。且看嘉陵第一丝绸坊风姿绰约立于岸边，好似少女娉娉婷婷。江舟驶过，江水微漾，就在她一转身颔首回眸间，早释放出万千风情，尽展果城绸都的魅力，引来市民们倾慕不已的目光。

且慢，你方唱罢，我要登台。同一个区的同一胞妹梓橦庙村要闪亮登场了。既然丝绸一坊近水楼台先得月，那我就绝不辜负南充母亲赋予的历史使命和信任，我就满山满坡披红挂彩吧，用一棵棵树的成长来庆典丰收的幸福和喜悦，也用沉甸甸的秋收来抒写果城的豪迈与大气。当红艳艳的果实挂满枝头的时候，就是梓橦庙村最热闹的时候，锣鼓敲起来了，秧歌扭起来了……踩高跷的，唱戏的，好不兴旺，连古老的梓潼庙宇都笑得颤巍巍的，一如老人历经沧桑的笑靥

呢。且看南充的大型柑橘基地落户梓橦庙村，谁又说她不是舌尖上酸酸甜甜的记忆呢?!

舌尖上的另一种记忆则是来自它所传承数百年的美食——大通热凉粉。果州多丘陵，盛产千年的红薯。一方水土养一方人，百姓们自有妙法把这不起眼的"土地瓜"变成人见人爱的美食。秋天苕们归仓后，庄户人用机器把它们打成粉食，再沥出汁液，晒干，熬煮，成啦! 只有大通的热凉粉可以这样让人垂涎三尺，它的土是掉渣的，它的洋盘又是得意的，光佐料就有几十种呢。只要你有闲情逸致走进梓橦庙村，就能吃到这样的美食啦!

世外桃源金鼓村

数度梦中，我从东而去，过阆中，历广元。我从蜀地西行，拥锦屏，过沙溪。我深情伫立于碉堡山，仿佛听见了历史的音迹，锣鼓声声，花虫鸟鸣。

阆中是一块神奇的土地，丰富的土壤孕育出璀璨的文明之花。金鼓村像一朵淡雅的栀子花，就这样盛开在世外桃源的沙溪河，摇曳在春风开过的沃野。它清香悠远，余味无穷。

我喜爱栀子花的颜色和清香。更喜爱它那随生随长的品性和风格。我数次到阆中的金鼓村出差，都不厌倦，不疲惫。我每每走进它，就像打开一本诗书，徜徉在隽永的意境中，品茗花香的悠远和淡雅。我数度沉醉在那积淀历史文化的每一个农家小院的门、窗、木……每个故事，每个演出……那些关于川东北的民俗风情遗产，如若道琴，顶花灯，民谣，皮影……我深深迷恋它的自然风情——那一片蓊郁青葱的果园，那一畦畦碧绿鲜嫩的菜蔬，以及那一坡装满浪漫装满幻想的松林地。

我轻轻走过松林坡，用心用情写就这一段文字，以期带给读者一朵花的问候和敬意。我再次忍不住发一次诗意的赞叹，以飨我亲爱的朋友和远方的客人。

心灵的青青青林

在嘉陵江流经一个叫青居的地方，在她的江心锁了一个359度的爱之心环的地方，一片沙洲地孕育出一片青林，这里芳草萋萋，绿草茵茵。这里牧牛成群，沃野万顷。

第一次走进她，是很多年前的一个初春清晨，雾岚在山间飘绕，雾珠在柑橘树上凝露。花香草香泥土的芬芳，都一股脑儿地浸润进心房，味醇如甘！我惊愕不已，在离市区不远的地方，有如此轻灵的一个芳洲地，也算是南充人的一个福气了。

此后，每隔一段时间，于阳光灿烂的周末或者雨后清新的时候，我都时不时开车到那里，走过嘉水东去的沙堤，走过一片青翠的橙林，走进新中国大跃进时期的活化石——红旗农庄里，在庄户小院腊肉溢香的氛围中，体验一丝久违的乡情记忆，感受一下历史悠远的芬芳，闻一闻久违的田野气息，抖落城市的喧嚣和尘埃，让心灵在蝴蝶的飞舞中清扬！

而每一次，我都希望那一刻的时光是历史的记忆和凝滞：走进青青青林，在河堤漫步，在林中穿行，在阳光下发呆，在餐桌上谈笑风生，何其美妙的一天。把它储存进记忆的心灵家园吧——青青青林！

▎红映柏杨湖

说的是湖，实质是一条狭长的河，蜿蜒曲折于琳琅山沟壑，蛟龙藏海似地隐匿山川；又如一缕锦缎，玉带般飘绕过马鞍场，挽系在柏杨桥。

写的是桥，却是一道黄土夯实的堡坎，果断地拦腰截住河床。它极像川东北一名憨厚朴实的汉子，赤裸肌肤，卯足气力，把热血和柔情都倾注到了河里。

河静默着。除了水葫芦偶尔的漂移，小鱼儿忽而的跳跃，两岸的青山大多时候和她无言相守。

仲春四月，桥上花草丛生，蜂蝶群舞。一艘红色的画舫停靠在河岸，鲜艳的色彩涂抹了旷野。她像投入河中的一颗小石子，我看见河心荡起了涟漪，青山似乎也在微笑。

一行人小心翼翼跨进画舫，他们都是来自国内的散文名家们，为纪念朱德同志诞辰130周年，追寻革命先烈遗迹，重走长征路。起航了，波浪划开并不宽阔的河面，野葫芦来不及让开，被舫拥入怀中，正在葫芦下闲聊的鱼儿们也许受到了惊扰，懵懂地往空中跳了几下，欲探个究竟。春光无限好，画舫开过之处，浪花翻卷出一幅天然的山水画：河水倒映着两岸的山之廓，鸟儿在飞，花朵在开，人在垂钓……山影淡淡，河水却积淀了山的丰富内容和情感，一任作家们的内心世界去宣泄和感染。

山是琳琅山。山中分明有一半岛凌空突兀，犹如仙境。在薄明的雾岚中，从山涧隐隐传来淙淙的泉水声，丛林里清脆的鸟鸣音……那四方田棱角分明，却又涵括外延至轿顶山和官帽山，紧揽山河入怀；谷间仿佛有骏马踏烟而来，撼人心魄。那不是一个英姿勃发的少年吗？于刀光剑影中，沿着一条青石铺就的小路，义无反顾朝前走着。志士恨无穷／只身走西东／投笔从戎去／刷新旧国风。少年从此走出了琳琅山，走过了二万五千里长征，走过了烽火硝烟的岁月……

四围如聚，翠微苍苍，山势清奇，状若五星。难道，这一切都是天意?! 而在山之入口处，一把天然形成的锤镰石赫然在目。多年后，当地百姓无意中发现的这几块青石，其实它早重重地叩响了通往世界的命运之门。这又何尝不是大山儿子的鲜血，谱写的黄土地之情。

场是马鞍古镇，又名红军街，若一条巨蟒横卧在琳琅马鞍山下，蜿蜒曲折，古朴典雅。作家们走过四方田，走过锤镰石，走进了古街。古街有"五宫一庙"。即文昌宫、禹王宫、广圣宫、龙母宫、万寿宫、关帝庙，相传有为纪念蜀汉刘、关、张桃园结义中三弟张飞功绩而修建的，也有专为湖南会馆和广东会馆中倾诉离乡别情而建的。均为清朝道光、咸丰年间修建的歇山式穿逗木结构建筑，建筑物之间设封火墙。此"五宫一庙"星罗棋布在古街，它们像几名沧桑的老人，守望着马鞍场，讲述历史的繁华和烟云。而最叩响人们心弦的，当是1933年红九军政治部在这里建立的区苏维埃政权，遗址上众多的石刻标语和红色文化，提醒着我们当年曾发生的那场波澜壮阔的战争。

历史终将远去，烽火业已散尽。走过古街，走进了一个和谐生动的盛世年华：街尾一棵参天大树下，在一间古朴色香的教室里，几十名幼儿激情的诵读声惊醒了街的宁静，也止住了作家们匆忙的脚步；还有邻家太婆那热情的招呼，太爷们悠闲的踱步，小狗小猫们肆无忌惮的奔跑，枝上鸟儿们旁若无人的歌唱……

一条古街的似水年华，瞬间拉近了历史和现代的距离，就像汩汩之源和大江大河的关系，因为如此，所以如此。

画舫成为河上流动的风景。青山也不禁侧目，因为作家们是背负着寻踪"红色"的使命而来的。耳畔是邓丽君甜美歌喉酝酿出的天籁之音"甜蜜蜜"。同行

的柏杨镇党委书记说：柏杨湖滋养着马鞍镇的人，也灌溉着周围十里八乡的土地和庄稼。

我的心猛地一颤：问渠那得清如许，为有源头活水来。这柏杨湖的泉眼在哪里呢？历史的眼眸定格在1900年的盛夏：酷阳炙烤着川东北，龟裂的大地像乡亲们绝望的眼神；小溪失去了往日的欢笑，干涸的老井也躲在角落里哭泣。冥冥之中，一个14岁的少年竟然在一丛青草下发现了泉眼，那年的生命之源就此打开，后人命名的琳琅井得以延续至今，从未干涸。今天，少年的英名——朱德早已碑刻历史，而沿着那条他通往世界的青石板小路，回到当年他居住的地方，在一个小巧的亭子下，就能触摸"琳琅井"的精神和魂魄。在布满青苔的照壁上，"饮水思源"几个大字，还辉映着挖井人的身影。

这身影并未远去。据史载：仪陇老县城金城镇，公元前314年秦惠王灭巴国，建立巴郡，置阆中县，仪邑（金城镇）属之。但生活在这里的人们却长期饱受旱灾和饮水之苦。2003年7月8日经国务院批准，仪陇县人民政府驻地由金城镇迁往嘉陵江边的新政镇，2005年9月29日正式搬迁至此，革命老区的新县城从此焕然一新，新政离堆上著名书法家颜真卿的真迹"德"字，彰显着中华儿女的一脉真情；金城山北面绝壁柳家岩下，一个全国罕见的巨大石刻"德"字，还抒写着帅乡的故事和传奇。

"甜蜜蜜，你笑得甜蜜蜜，好像花儿开在春风里……"，红色的画舫在游弋，邓丽君的歌声迷醉了我的心灵。忽然间，几只野鸭拍打着翅膀钻进水里，一行青荇油油地在水里招摇，凌乱了一栋灰白楼层的乡村别墅倒影，一个垂钓的小伙扯起了鱼线……生态原始的柏杨湖像一帧山水画，也如一位娴静的处子，在琳琅山的怀抱里浅吟低唱着。转而，一只翩飞的白鹭牵回了我的思绪，远山近影便都在我眼里摇曳。

"那是映山红吗？"我惊喜地大喊了一声。岸边，几丛花朵火苗般忽闪着，跳跃出山林，直逼我们眼睛。"是！"船夫掷地有声地答道。寻踪红色，我的心瞬间波澜壮阔，我忆起去年的井冈山之旅，它的美，也是杜鹃花开时。

　　我逐梦于井冈山，源于小学课本中那八角楼的灯光，那黄洋界的炮火和朱德记的扁担，更有那漫山遍野盛开的十里杜鹃花长廊。万壑树参天，千山响杜鹃。是那烈士的鲜血浇灌出花儿的吗？崖壁上，山林间，沟谷畔，一株株高大茂盛的杜鹃花，或者紫红，或者火红，灼灼盛开着，恰似一首壮美的交响曲，震撼着大地。

　　这花的鲜艳就一直涂抹着群山的色彩，从笔架山直到黄洋界，与山风争鸣，与风雨抗衡，自由恣意地怒放着生命，灿烂着自己的青春。传说敌人当年曾烧荒这座山，但春天来临，杜鹃花又开遍了山崖，因此井冈山的杜鹃花又叫映山红，它始终护佑着这一方土地的神圣。星星之火可以燎原，我才有机会从嘉陵江一路走来……这，难道不是当年红军战士用生命谱写的青春赞歌吗？难道不是井冈山的精神写照吗？

　　琳琅山的美，也在杜鹃花开时！在这里，你不禁可以饱览它的秀美，更可以聆听历史的声音，洗礼心灵。柏杨湖的杜鹃花何止这一丛丛，它鲜红的色彩已经照耀了神州大地。君不见：四面重峦障，五溪曲水萦。红根已深植，今日正繁荣。

仙湖升钟

我是重庆人。第一次认识升钟湖，是在初中的课本中。只知道它是中国西南地区最大的人工湖。

我与升钟湖结缘已经 11 年，只若初遇。至今依然刻骨铭心，我们相逢相知的那一刻：凤凰岛水之深处的水，浅映着桃红柳绿的色，反剪着山青石秀的廓，氤氲着灵动的光，清澈得像块翡翠碧玉，汪出绿意和深情，诱惑我去与之相拥和亲吻（那可是深达近 90 米之处的水啊）！水草们摆动腰身，袅娜着致意。我一舒手，珍珠般的水滴便洒落开去，亮了山野，灿了心境，我不由得眼神迷离：这难道是人间喷涌的一池仙水？草那么含情！那么花会笑吗？鱼会飞吗？石头能说话吗？……

那个春日上午，我走过高高的水库堤坝，在轰鸣的浪花飞溅之中，想象着水彩虹的绚丽，推开舟楫，袭薄明雾纱，溯流而上。船过著名景点香烛山、醴峰观、南桥和西水，心触摸瑶池绿岛和幽谷画廊的魂灵。于是，淡淡的山影，朦胧的村庄，悠远的鹤鸣，空灵的泉音……看得见的和看不见的，传说中的与现实中的物象与景致在心底融合，交织成 100 公里长的升钟湖主航道。它积淀了南部、阆中、剑阁 18 个乡镇的情感和梦想，以 8.4 万亩和库容 13.39 亿立方米的胸襟，揽我入怀。

绿锦般的湖水包裹了我。它像一床柔和的棉被，裹着一如初生婴儿般的我，在涟漪的光圈中，贪婪地吸吮着湖上微甜的风，新奇地瞪视着两岸黛绿的青山，飞檐翘角的庙宇，千奇百怪的山石和树木，酣然入梦。梦里不知身是客啊，我惊觉自己已变成湖中的一尾鱼，仙袂飘飘，飞过时空，穿越古今，见证传奇。

我跃出湖心，触目东岸高高的娲仙山（今南部县保城乡古寨处，又名尖山和烟堆山），仿佛回到亘古久远的年代。瞧，聪慧善良的女娲仙子正斜躺在春草蓬生的悬崖峭壁上，枕着足下的浩瀚碧波，已入梦乡。是你吗？当世界一片洪荒混沌之时，取来五色石块炼出五彩晶石，又高擎剑门手把彩石，把破碎的天一点点地补起来？你可知道你洒落的香甜汗珠，已春风化雨，至剑门关下，蜿蜒而成八百里西河，歌唱到长江，又奔涌到东海？你可知道升钟这一池仙水，多少年来，它甘洌如泉，像乳汁一样，哺育着儿女，滋养着大地？这绝不是传说和故事！娲仙山上那枚天然奇石，就是她睡觉翻身的时候，不小心从兜里掉在地上的五彩石。不信，南部人民还把女娲睡觉的山叫娲仙山，并在此建有娲仙古庙呢。你看庙门有联云：苍天柱倾，始得女娲炼石补；山河瓦碎，代有才人辟地开。啊，亲爱的仙子，你是不是太累了？多么想掬一捧清澈的湖水，洗去你远来的疲惫和尘埃。

"头枕剑门五指山，两臂舒揽江阆南。绿衣鱼腹若屏镜，嘉陵江中洗金莲。"璧照剑门侠关的英姿，夺目阆苑仙境的华彩，飘绕而成嘉陵江最大支流西河的练绸，升钟湖——它分明就是女娲仙子赐予人间的瑶池，在四川东北部南部县的远山深处，孤寂沉睡已千年。

它就像湖之终端栖息的那只凤凰，数千年来，以绝美的身姿守护着这湖泊的宁静和美丽（凤凰岛面积约300亩，离湖岸约50米，由5个蜿蜒起伏的小丘、3个平坦的半岛和两个幽静的湖湾构成，因岛形如凤凰展翅而得名）。两个小时之后，当游船从水库大坝至凤凰岛深处的岛屿时，我清醒地回到世间，我庆幸自己还有着丰富的情感和思想，我听见了一只鸟儿忧伤的诉说。

女娲重回仙界后，留下一池碧波绿水，荡漾在今四川东北部南部县的升钟湖。其四围绿树成荫，山势清奇。天宫一只美丽的凤凰觅得如此好山好水，飞落

凡尘，栖息于此，苦苦修炼了五百年，并护佑一方百姓的安宁。突一日，狂风漫卷，飞沙走石。一怪物从天而降，所到之处，房屋倒塌，人畜伤害。此怪物原是通天河一乌龟精，因嫉妒凤凰的高深道法，竟前来作祟。再说正在蓬莱云游的凤凰，突见口含金丹放光异彩，情知不妙，慌忙赶回仙湖，见百姓流离失所，悲号戚戚。凤凰迅疾取出金丹照向怪物，乌龟精原形毕露，伸开魔爪扑向凤凰。凤凰顺势啄去乌龟精右眼，双方展开激烈的搏斗。就在凤凰欲啄乌龟精的咽喉时，乌龟精使出绝招，"扑"的一声倒地，口喷大水，顿时洪水滔滔，眼看就要淹没全村。在这紧急关头，凤凰吐出金丹，向乌龟精喷去，大水瞬间消失，乌龟精变成了一座山丘。而凤凰丢失五百年修炼而成的金丹，化成了泥土，凝聚而成仙湖的几座岛屿。

我终于明白近90米之深处的湖水怎么能如此清澈动人，那一定是凤凰用眼泪和心血流淌而成的泉液，浇灌山川，滋养生灵。那之后，翩翩仙鹤绕湖而飞，凤凰啊，那是你化作的灵魂和幻影吗？飞过山冈，飞过林丛，翩跹而来，在郭家山，尽展青山丽水之华美与妖娆。这怎能不让八仙之一的张天师情动，扯下祥云一片，乘着祥鹤飞升而来，榜山一挥而就"鹤鸣观"，欲此潜心布道和修炼。远看那庙宇悬崖凌空突兀，气势昂然，若毗邻仙界。今观庙门仍有联云作证：李老子坐青牛牛过函关敞大教；张天师骑白鹤鹤飞道宇开高传。

嘿嘿，仙人也有凡人嫉妒心。这八仙之二的吕洞宾巡山至此，本打算在此建造洞真，谁知被道家祖师张道陵捷足先登，心生不快，伺机报复，便把他的座驾鹤颈拉长拉细，使其只鸣不歌；又将其腿和尾涂黑，灭美三分。张天师气得弃鹤而去。你知道中国成语"风声鹤唳"的典故吗？那为何不到两大仙家摆擂过的升钟湖走一走呢？

且慢，看那边的仙人又摆开擂场啦。话说两千多年前，鲁班仙师驾着能歌善舞的白鹤仙子周游天下，惊见鹤鸣观山势险要，古树森森，白鹤翩飞，终选定鹤鸣观与香柱山建仙城。遂搬运巨石，修固四周险要。没曾想力主"兼爱、非攻"的墨子钟情此地，两仙相争，鲁班败下阵来。气得他一跺脚，在鹤鸣观前寨门的巨石上留下遗憾的脚印，并震开了一神秘莫测的洞穴，当地人今称为鲁班洞。民间又说鲁班和徒弟赵巧儿约定：一个修升钟美城，一个修阆苑仙境。赵巧儿提前修好了阆中，就想去逗一逗师傅。他用墨斗线化作一条巨龙挡住师傅的去路，然后变成一老叟。时值三更，鲁班从剑门关赶石至香烛山一带，见一老者头戴斗笠，身披风衣低头走路，便问："你见猪走否？"叟答道："只有石行，不见猪走。"巨石立即停滞不前，鲁班方醒悟，可能是徒儿作梗。无奈此时鸡鸣晨啼，东方欲晓，鲁班气得直跺脚，又挥鞭乱舞，便形成了香烛山今天48个以形象命名的石景。

最让我唏嘘不已的是，眼前的藏姣洞、石佛、石塔和石灵芝，竟述说了当年白素贞救许仙的坚贞爱情故事。白娘子不辞千辛万苦，终于在昆仑山盗得灵芝。可在她返回杭州的途中，却被天兵追赶，又有法海相逼，被迫下降到凡间香烛山避难。托塔天王李靖掷塔欲将她压在塔底，如来佛祖感动两人的爱情故事，出手相救，推倒宝塔，因此留下了五指石等珍贵的自然景观。看那传说中不孝之子虐母被雷劈死的雷打石，中国书法家协会会员敬洪琳先生镌刻的"石魂"二字触目惊心；在那八瓣莲花盛放的聚仙石上，依稀可见东海八仙们相会的身影呢；且看刘秀携玉玺逃走，至此丢失的御印石，赤壁之战留下的怀古石，历史本来面目仿佛一一呈现：村民们围山造湖的呐喊声还在耳畔回响，红色革命升钟起义的枪声还没走远……山之骨在石，山之趣在水，山之态在树。穿行于石林，我不禁深深感念：世事沧桑，唯有山水永恒！升钟湖这一片青山绿水中，香柱山石林奇景何尝不是亿万年沧海桑田的证明。而每个石头都是一个故事，每个故事都是有血有肉的人物，这又何尝不是湖岸儿女智慧的结晶……

我的心如同湖水那般荡漾起来，像轻柔的丝绸包裹了炽热的灵魂：那样多情和细腻！是养蚕始祖嫘祖慈眉的笑容醉了我心海吗？我看见她挽着高高的发髻，袭一身轻纱霓裳，婀娜着身姿飘逸而来，从故乡盐亭来到古西水，倩影留驻在今岸边丝公山半山腰的丝公洞里。她穷尽心血，教山民植桑养蚕，富庶黎民，直至黄帝娶她为妻，才离开南部。当地人们为了纪念她的恩德，特在洞中塑了嫘祖的

塑像供奉，还把正月初八定为蚕过年。

不但如此，湖岸的村民们还衍生出另一种民间文化：傩戏。今双峰素有"傩戏之乡"美誉。双峰傩戏亦称"跳傩傩"，又为"偍偍送丝蚕"。这种"蚕庆"活动，是由中国神话中的蚕神"马头娘"的故事演绎而来。丰润的山水孕育出灿烂的文化，不必说南部的剪纸，形象逼真，历史悠久；还有南部的花灯和马王皮影，千百年来丰富着当地人们的情感生活，也传承着中华文明的独特魅力。更有那独具一格的西河根雕，似飞仙，如西子，诗画皆入木。这又何尝不是南部人民今天生活的写真。

你看，央视的镜头不是正对准了姜太公文化广场，聚焦在高30米、宽6米，目前世界最大的姜太公钓鱼雕像上吗？钓神姜子牙，一定是被这仙湖吹动的风激灵了思维，才在这西部的千岛湖上留下故事，传承到今天，又被智慧的南部人民汲取精神的营养，创造出一个西部的奇迹——中国钓鱼城，南部升钟湖！

一顶帐篷，一根钓竿，一个干粮袋，足以让一个痴迷的钓鱼者在中国南部县的升钟湖待上几天。这样的痴迷者太多啦，来自成都的、重庆的、西安的……无论春风还是秋雨，不管酷阳还是冬雪。想想8万余亩的升钟湖，白鹭翻飞，野鸭嬉水，舟楫自横；湖水绿得可以染渔网，烟波浩渺，何其神秘。它像一个百宝箱般，装着钓者们眼馋的红尾、翘嘴、银鱼等各种"宝贝"。但那垂钓者获取猎物时，却是不及时取钩的，都要先在水里牵游几下，在同伴们艳羡的目光中，才得意扬扬收竿，取物。

当然，这些不能算是"高手"，真正的"高手"出场，是一年一度举行的国际钓鱼大赛。英国的、法国的、中国的……四海会嘉宾，同钓升钟湖。

2009年，首届中国升钟湖钓鱼大奖赛在这里拉开帷幕，这是全国至今规模最大、参赛人数最多、奖金最高的野钓赛事，被上海大世界基尼斯总部评为"规模最大的野钓竞赛活动"，并获得基尼斯最佳项目奖……2011年，来自全球20多个国家和全国33个地区的400多支代表队齐聚升钟湖，完美诠释了钓鱼运动和升钟湖的独特魅力，谱写了中国和世界钓鱼史上的崭新篇章。

2010 年，升钟湖被国家体育总局确定为"钓鱼竞赛训练基地"，南部县被国家体育总局命名为"全国钓鱼城市"。升钟湖钓鱼文化节与山东潍坊国际风筝节、青海环湖自行车赛并称为"全国三大休闲体育文化节"。

2013 年秋天，中央电视台《远方的家》栏目倾情升钟湖，我陪着栏目组人员走进南部。当摄制组一行人来到临江坪——中国最美丽的西部渔村时，正是橘子红遍山野的季节。当湖岸的钓鱼者收获肥美的鱼儿时，从荧屏上，世界的华人们都见证了那动人的一刻。

2015 年春天，应升钟湖假日酒店张浩东董事长的邀请，我和南充市散文学会的朋友们到升钟湖采风。我们走过青山，走过湖水，看缤纷的春花在山崖绽放，宽阔的道路在湖岸延伸，红红的画舫在湖心游走……那山依然静默着，那水依然微澜着，可是历史却已经远去，升钟湖更像一幅画卷，在我们面前悠然舒展，淡墨幽香，绽放光芒。

再次伫立凤凰岛，沐浴着春风，我不禁百感交集：我已经远离家乡，定居南充，傍依升钟湖。当尘埃弥散心灵时，你可以走进升钟湖。清澈的水最能荡涤你的心怀。在山之涯水之央，那些关于仙们优美的故事和传说，最能丰富我们的情怀。我深恋升钟湖已经 11 年。从初遇它的那一刻起。它清澈的湖水，浩渺的烟波，星罗棋布的岛屿，翠绿的两岸青山，丰富的人文情怀，宛如一位明眸皓齿的女子，袅袅婷婷，怀抱古琴，渔歌唱晚，从此走进我心里，攥住我心怀，让我甘心情愿做她的爱人！

相如故里：太阳岛和月亮岛的深情

（每年四月的最后一个周末，南充市蓬安县都会举行一年一度的嘉陵江放牛节，2016 年 4 月底举行了第七届嘉陵江放牛节）

太阳岛和月亮岛，是一个妈妈的女儿，它们的名字叫嘉陵江。

嘉陵江水从陕西秦岭涓涓淌出，一路蜿蜒逶迤而来，至此徘徊踯躅，欲走还绕，把一段秀美的身姿留在四川南充蓬安，供人景仰。嘉陵江上太阳和月亮两个岛屿，就位于司马相如故里和周敦颐大师曾经讲学过的地方——蓬安的周子古镇边。

周子古镇又名嘉陵第一桑梓。轻轻柔柔依山而建，绕江而过，像极了一个撑着油纸伞穿过雨巷散发些许芬芳的丁香姑娘，又宛如一帧淡淡的水墨画，静静地垂挂在那里，不言不语，只把那高低错落的瓦檐、飞檐翘角的阁楼、凹凸有致的青石板街道、浣衣女和渔夫们穿行不止的古老码头，和那绿如蓝的江水、水波不兴中的帆船点点等摄人心魂的美深入你的骨髓，在《凤求凰》的浅吟低唱中，在古镇皂荚树和榕树水乳交融的夫妻树旁，你看那根，紧握在地上；那叶，相触在云里，你有没有迷醉在嘉陵江畔的这片水乡里呢？

周子古镇的美食吸引着人们眼球的同时，也极大地满足了他们的胃。姚麻花、热锅盔……慢慢品尝，细细观看，古镇更像是一个小家碧玉的少女，掩纱含翠，只在青色的石板街面和褐色的木头屋檐一角，或在打铁人晶莹的汗珠里，露出些许的古街风情和别样的韵致来。难怪周敦颐会在此沉静下来，著书讲学。在濂溪祠，虽然荷花已然过了它怒放的季节，荷韵却在春天的荷塘里隐隐约约露出风姿。我想起了央视《走遍中国》栏目组温普庆导演说过的话："我只想搬一把竹椅子，坐在周子古镇的财神楼下，看江水缓缓东去，看野鸟翩飞，看渔舟驶过……"这是多么动人的家园画面！

哦，还不止这古镇勾人摄魄的美。顺江而下，岸边江花红胜火，那是正开得如火如荼的杜鹃花；一叶帆船过，惊醒小鱼跃出江水的同时，也把浪漫安逸的闲情逸致留在古镇人的心怀，逗引着小孩们欢呼着雀跃着扑进她的怀抱。江对岸的湿地公园郁郁青青，它用逼眼的绿一年四季涂抹着古镇的画色；那里没有高大的乔木林哗众取宠，只有矮矮的灌木丛，在温柔的春风轻抚和呢喃中，却也婆娑出一路的风景和风情来。难怪唐代画圣吴道子会迷恋此地，那时我的眼前顿时幻化出一幅古风古韵的画面来：一袭白衣素裳的画圣神情淡定自若，伫立于古镇之巅，就在一挥毫泼墨间，早有嘉陵三百里风光图惊现世人面前。

行之不远，渐渐地，你就会迷离自己的眼神。看那江水缓缓东流，如练如绸。情至深处，它竟然在当中自己系了两个美丽的结，一个像月亮，一个像太阳。这个结是那样圆满而深情，太阳轻吻着月亮的发丝，月亮还太阳一个永恒的爱情，它们就这样相拥相眠，日日夜夜，从远古走来，走到今天被人们称为太阳岛和月亮岛。结之深处，是青青的草和浅浅的水湾，这里是适合丰富诗人和文学家们想象的地方，可以撑一支长篙，向更深处漫溯吗？水之上，春天的鸭们和鸥们兴奋极了，它们忽而浅翔低唱，忽而绕颈轻语，羽翼下抖落一春的风情，牵扯着岸边人的思绪。

牛们怎不羡慕这一幕无限的春光？于是，在清晨雾岚袅升时，四面八方的牛们一路踏芳而来，聚集在岸边相如镇一个叫油坊沟村的沟谷里，只待朝阳喷薄而出的那一刻，只待头牛的一声号令，宛如疆场的战士，喷发出周身的热血和激情，冲破江水的围困，一路披荆斩棘，一路高奏凯歌，奋勇向前，直抵江中的太阳岛和月亮岛。

太阳岛和月亮岛被深深震撼，它们快乐地歌唱起来，以更加广阔的胸襟接纳着牛们的到来。于是，蓝天里，白云下，在四川蓬安，在一个叫周子古镇的地方，在一个关于太阳和月亮的爱情故事传说中，在一片青青的芳草地中，牛儿们在悠闲地踱步，鸟儿们在谈情说爱，白鹭们在翩翩飞翔……这里就是中国最浪漫的休闲家园。朝朝暮暮，我期待着踏上那片芳草地。而当我今天有幸踏上那片青草地的一瞬间，涌立江滩，我忽然张开双臂：我来了，你，在哪？

探秘大深南海

早就听说位于蓬安县境内的大深南海风景区是一个美丽的地方。我到蓬安县罗家镇领略了大深南海的神奇和美丽。

南海泛舟

清清的湖水，泛着微微的波澜，吸引着游客们的眼球。凡是到大深南海旅游的游客，首先想到的就是乘船去领略大深南海的湖光山色。

细雨中，平静的水面被无数的雨滴画了一个又一个细小的"水圈"，游船在人们的期待中渐渐驶离了岸边，被船划开的"八字形"水纹缓缓地向两岸扩散而去，两边的山峰则慢慢向后退去。真有种"舟在水中走，人在画中游"的神奇意境。游客们说说笑笑，细细品味着南海的美景：湖水清澈透明，湖面顺着两面的山峰向里延伸，看不到湖水的尽头。湖中心深不见底，湖两边丰茂的水草随处可见。偶尔有一尾小鱼跃出湖面，立刻引来游客们的惊叹声。湖面上三三两两的野鸭游来游去，半空中不知名的水鸟来回翻飞，游客们的视线立刻被吸引了过去。一位10余岁的小孩用手比成枪状，朝野鸭射去，其调皮的动作又引来游客们的大笑。望着两岸雄奇、峻峭的山峰，只见古树苍翠挺拔，醉人的绿色层层叠叠，

一些故居特色的建筑物在林中若隐若现，偶尔还可以看见几位劳作的农民在林间奔走。

没想到南充还有这么美的地方！一位游客发自肺腑地赞叹道。

皇冠岛揽胜

弃船上岸，游客梦登上皇冠岛，沿着正在修建的蜿蜒小路，穿过密集的果林，便来到皇冠岛顶。放眼望去：大深南海风景区是由五个山峰形成五个半岛。这些小岛形态迥异，煞是美观。奇特的皇冠岛犹如漂浮在水中的草帽，山是坐落在水中的岛，岛是漂浮在水中的山，好一幅湖光山水画，无不让游客们叹为观止。

远眺群峰，错落有致，山中飘着一层淡淡的云雾，使群峰好像蒙上了一层薄薄的面纱，一处被称为"神仙岩"的绝壁也若隐若现，这不禁让人去追寻它神奇的传说。据说当年一位得道高僧云游至此，观其风貌后，不禁为此处山势的玄妙所吸引，于是便停留下来，仔细观摩这里自然的"鬼斧神工"，长久下来他所禅坐的地方就留下了他的坐姿。待他圆寂后，其身后的山石自动打开，将其躯体葬入山石之内，而在半山腰则留下了他坐禅时形似椅子的一处石岩，当地人称它为"神仙岩"。

长约三公里的南海大峡谷深远幽长，怪石林立，流水潺潺，瀑布飞挂。悬崖峭壁神似大小三峡。听导游介绍，在两边的山峰里还横卧着清代乾隆年间的石坪桥和石拱桥，规模宏大，造型美观，吸引了无数游客前去参观。再看空中，成百上千只白鹭在空中自由飞翔，为这里的湖光山色更添几多生机和情趣。

钓鱼之趣

在大深南海的尾部，湖水较浅，是垂钓者们发挥特长的好去处。

喜爱钓鱼的记者立即与岸边的一位钓友聊起了钓鱼经。他告诉记者，他是从南充专程来到这里，来钓土鱼儿。这里的鱼种比较丰富，尤其是鲫鱼特别好钓，看起来黄金亮色的，特别惹人喜爱，偶尔还能钓到一尾鲤鱼或者鲢鱼，那才是最大的收获。

据大深南海风景区负责人介绍，这里每天有数十人来钓鱼。他们在这里钓到的不仅是鱼儿，还能领略大自然的无限风光，享受天然氧吧里的新鲜空气。钓鱼之余，还可以去爬爬山，游游湖，看看封禁。这里的名胜古迹，了解这里的奇闻逸事。顺便再吃点农家饭，做一个真正的南海观光人，其中其乐自不必说。

密林探幽

乘船来到大深南海深处，从峡谷的尽头向上攀越，便到了神秘莫测的原始森林。站在罗家镇高高的垛子石山上，放眼四周，只见一座座山峰逶迤连绵，气势恢宏。小寨山、垛子石山、梨山、陡坡山等山峰犹如莲花般盛开在眼前。山峰间隐隐透着一丝丝浓雾。一阵山风吹过，茫茫林海中传来阵阵松涛声，强烈地震撼着游客的心房。眼前的原始森林面积约为6000亩，森林中植物品种丰富，多达400余种，主要以松柏、杉树等为主，最高达到30余米，树龄最长的有3000余年，有30余种野生动物在这里快乐地生活着。隐藏在森林中古老的安宁寨、金天寨等古寨，至今还依稀可见当年烽火之战的痕迹。位于罗家镇的罗家千佛岩和罗汉村的摩崖造像，已经成为不可多得的历史文物。

步入森林，渐入佳境，恍然与世隔绝。一株株古树，笔直的干，挺拔的枝，直向蓝天，参天蔽日，一丝清凉的气息悄然袭来，如水般湿润了游客的心房。山

花和野果也送来了怡人的芬芳，偶尔有一只动物从眼前跑过，游客们无不为大自然的巧夺天工而赞叹。

瀑布奇观

在大深南海风景区最新发现的生态峡谷之中，一尘不染的泉水汇聚成一条清澈透底的蓝色河谷，河水时而飞崖而出，时而凌空飞舞，时而烟雾弥漫，形成了南海生态峡谷独有的瀑布奇观。

徒步走在大深南海风景区的生态峡谷中，只见涓涓溪流被峡谷中的怪石阻挡，形成不同气势、不同姿态的大小瀑布，加之这里人烟稀少，成就了峡谷的野性和古朴安宁。据考证，在长达三公里的生态峡谷中，共有姿态各异的大小瀑布50多个，泉水最多、最妖娆的要数"流线瀑""珍珠瀑"和"玉帘瀑"3种。

"流线瀑"在峡谷中可见三四处。最绝的要数清代乾隆年间建造的那座石拱桥的那一处。当泉水自安宁古寨平缓而下，流经石拱桥后，突然被一块十五六米高的峭壁拦断，形成两股绢丝般雪白的瀑布，落入百余平方米的幽潭中，发出"啪啪啪"的回响。据导游说，这仅是冬春枯水时节的景致，到了夏秋山洪多发时候则变成气势恢弘的大瀑布，高宽都在十五六米左右，把那十多米的山壁挡得严严实实。远处望去，像深山里村姑的一头秀发，因此当地人又称为"美女瀑"。

"珍珠瀑"在峡谷中随处可见。由于峡谷中大部分地段水流细小而缓慢，清澈透明的泉水，流过浅黄色的碳化石杂乱堆成的坡坎时，涓涓泉水叮咚而下，拍打着碳化石，溅出无数颗水珠子，就像无数颗晶莹的珍珠串在一起，游客把这种小瀑布称之为"珍珠瀑"。"珍珠瀑"不大，但却格外美，恰似这幽幽峡谷中最活跃、最多情的小精灵。

"玉帘瀑"的形成，依赖于峡谷中平坦而较宽的平台般的石阶，石阶宽一到二三米不等，泉水从上一个平台流向下一个平台，铺成两三米宽、形成一两米高的玉一般的帘子，把青石平台上长出的绿色青苔遮得若隐若现，由此，便有了"玉帘瀑"的美好名字。看"玉帘瀑"，就在于欣赏她玉一般的水帘和帘后青苔完全组合和对照——帘子是白玉，青苔是蓝玉，沁人心脾。

　　不管是"玉帘瀑"，还是"珍珠瀑"，到了洪水季节，她们的野性就会"原形毕露"，献出"难看"的面孔，发出怒吼，震荡着峡谷两岸的森林和绝壁，气势磅礴。此时，游峡谷就是另一番感受了。

▌嘉陵，今夜如此美丽

今夜无星，但我相信满天繁星定然闪烁在每个人的心空，他们手中高擎的蚵蟆灯就是岁月传承下来的宝石，在文化的长河里熠熠生辉；今夜亦无月，但我笃定皓月映照着每个人的心灵，那一声声激情的吟诵和歌唱声早越过百年光阴，穿过时空界限，震撼着世界的生灵。

"蚵蟆公，蚵蟆婆，我把蚵蟆送下河……"正月十四，晚上六点半许，四川省南充市嘉陵区的三会镇，从成都、重庆、遂宁和南充等各地不断涌来的人流齐聚街头，汇聚成一个涡流中心。数万人同时点燃蜡烛，举起一盏盏纸糊的竹灯笼（名蚵蟆灯），高唱着音律简单却极其扣人心弦的蚵蟆歌，目睹静伏于此地多时的一只竹制巨型蚵蟆王伸个懒腰后，叉开四肢，张开大嘴，鼓动腮帮，伸出喉舌，被四个壮汉吆喝着抬上轿子，颤悠悠地开始了游行。

我被人群簇拥着前进，像蜗牛挪步。红红的灯笼汇成一条闪亮的长龙，沿着老街游弋着。它雄赳赳地路过学校、医院和政府，路过麦香四溢的面包店和五颜六色的商铺，朝春天的田野进发。看看啊，青春的孩子扶着年迈的父母，羞涩的姑娘拥着俊朗的小伙，年轻的夫妻牵着学步的孩童……每个游人的脸似乎都激动得通红，好似酒精催熟的样子。高亢的拉歌和声嘶力竭的呐喊，刹那间缩短了人和人的心距，你甚至能听到每个人怦怦的心跳。我不知道，已经有多少年没有听到如此动人的心律了？那时那刻，嘉陵区三会镇举行的一年一度非物质文化遗产——蛴蟆节。蛴蟆节的由来是岁月留下的伤痕，本意是那个年代的那些事情，在春天万象更新的时候，驱除瘟疫，送走灾难，祈来幸福。而此时此刻，夜色阑珊，灯火璀璨，歌如潮人如海，今夜的三会是美丽的。这种民族传承的文化和精神，它是不是已经超越了苦难，演绎成另一种幸福和吉祥的象征了呢？它更像是流淌岁月拧成的一条绳子，把来自不同地域不同口音和肤色的人们紧紧拴在了一起，来感受川东北这片土地的多情和神秘。

我的心就这样被红色的灯笼光亮辉映着，温暖着，跟随着队伍一直前行。身边是成都龙泉赶来参加节日的两个小伙子，抬着红红的大蛴蟆灯，其中一个小伙子扯着嗓子带头喊音，那浑身散发出的蓬勃精神和力量，迅速感染了长龙般的队伍，欢乐的浪潮一阵高过一阵，直至拐出街头，奔进田野。

突然间，几声轰鸣过后，山头盛开出一朵朵璀璨的礼花，瞬间映照了那静静的河流和山川，也播映出历史和远古，以及这片土地上的沉寂和悲欢，还有那曾经的故事，那积淀的文化长河。熊熊火光中，在川东北深山的一隅，在嘉陵江水潺潺流过的一湾，我仿佛看见素衣长袍的黎民百姓在血雨腥风中奔跑和呐喊，我还看见美丽灼热的大地上生灵涂炭，春天本来笑着走向这里，大地却沧桑荒凉一片，蛴蟆瘟疫肆虐，残酷的战争又血洗人间……历史的胶片回放，闪过远古，闪过清初，闪现今天，仿佛凤凰涅槃，定格于清丽婉约的嘉陵绸都，声名远播的三国陈寿万卷楼，历史文化再现的田坝会馆，藏珠含翠的七宝寨……嘉陵的柑橘在开花，嘉陵的桑蚕在吐丝，嘉陵的白鹭在翩飞……"美丽嘉陵，我为你点赞"，几个晶莹的大字出现在红红的灯笼上，也在我的视野生根发芽，今夜的嘉陵是美丽的！在这祥和的氛围中，我仿佛置身迷离梦幻的仙境，这是人间吗？自己是不是降落嘉陵的一名仙子呢？至少我的精神是可以游离的呀！

是乳泉山的汁液丰富了我的情感吗？还是谢自然飞天成仙的故事拓宽了我的想象。

我本是一粒蒲公英的种子，注定是要飘落在嘉陵江畔的这个城市——南充？

爱人便是那风帆，托举着我从嘉陵江的尽头——重庆溯源而上。还清晰记得

与川东北这片土地初逢的一刹那，灿若惊鸿。墨绿的山冈上，一片青松林海闪现眼眸，金黄的菜花儿和青青的麦苗儿铺满山涧，像织锦般夺目而来；但见林海下一江水，舟自横，芦苇扬；赤黄的沙滩地裸露着，被一湾澄澈的清水甜蜜地拥吻着，交织成一幅浓淡相宜的水墨画，不由得嵌进我心里，牵扯我细腻而敏感的神经：好美啊！"这是南充的嘉陵区了，我们已经到了凤桠山了！"夫的解说，给了这幅画一个很好的注脚。

但凡有江河润泽的地方，一定是人杰地灵的。春天的嘉陵江像一首婉转的曲子，悠悠然然地拨弄着动听的音律，飘进我的心底。因了这条柔美秀丽的江，我义无反顾地跟着丈夫走进了南充。

从此，这条江让我魂牵梦萦。我爱它的绿，它的柔。我深爱上了嘉陵江边的这个城市——南充。每逢周末，我总是喜欢开车到嘉陵江的丝绸一条坊边，踩着圆圆的鹅卵石，拨开飞絮漫天的芦苇丛，在一群野鸭或者白鹭飞处，看江水缓缓而流，看旖旎的西山连绵在南充的天际，看一抹黛绿温馨了我生活了近十年的这个城市，看橘红的夕晖涂染了那鳞次栉比的高楼。这时候，我的心总是这样被夕阳温暖着。温暖如丝，缠绕着我的心灵。嘉陵江边的这个城市，因着绿的氤氲，因着水的轻灵，才有那灵动的茧丝织就的绸，裹住了我这个外乡人。我爱绸！那轻轻柔柔的丝绸，成了我永远挥之不去的绪。绪里有三国的剪影，黯淡了的是刀光和剑影，袭人的是书卷的清香，淡淡的，芬芳而甘甜！它像一卷诗书，每每勾起我最强烈的渴望，读懂它，读透它！

我虔诚地翻开书页，嘉陵江的丰碑应该是由她深厚的人文历史和故事铸就的，这才是她的溯源而下，不必说阆中的皮影，蓬安的蚌舞，营山的翻山铰子，南部的傩戏，西充的灯戏，顺庆的大木偶……沿江无数朵珍奇的浪花，汇聚成嘉陵江畔南充城璀璨的文化星河，嘉陵江滚滚而下，它也融入长江，融入大海，成为中华大地乃至世界之上的一朵奇葩，在星光的长河里闪耀。

礼花在不停闪耀，静寂的河流和山川仿佛突然间被热闹欢乐的人群惊醒，人们来到西溪河边，纷纷把手中的蛴蟆灯插在溪边。今天的西溪河，早已经把岁月的尘埃和沙砾淘洗，把历史的沉寂和痛苦掩埋，夜色阑珊，空气中送来细微的暗香，那是麦苗和菜花的气息，应和着人群欢乐的呼声和歌声，安静地流淌着。它源于西南最大的人工水库——升钟湖，又汇聚成嘉陵江最大支流——西河，注入南充的母亲河嘉陵江。

今夜的西溪河是欢乐的。沿河的西充、顺庆和嘉陵等地，人们都以这种传统的方式，庆祝着来年的风调雨顺，承袭着古老的民俗，传递出今天的幸福和吉祥快乐。

我虔诚地把手中的灯笼插在河边的土地，心儿便随着飞升的孔明灯飞行，祝愿此时的美景，飞向世界的每一个角落！

蜀道雄魂

SHUDAO XIONGHUN

蜀道雄魂

　　我生在蜀地，喝着长江的水长大。但我的血液中奔流着华夏炎黄子孙浩荡的气脉，黄河的涛声也曾撼动着我鲜活的灵魂。因此从我有思想的那一天起，我就无数次幻想着突破我生活的天空，像一只鹰翱翔蓝空一样，阅尽人间的险山秀峰，看过世事的沧桑繁华。

　　我无数次对着四川盆地的地图，心迹从东而去，从绵阳，过阆中，历广元，拥汉中，穿秦岭……

　　去年盛夏，我组织了一个自驾游车队，自四川南充始浩浩荡荡一路西行，过绵阳至北川，又经安县奔江油。我从蜀地西行。走过蜀道的艰难和险阻，走过八百里秦川的伟岸和雄魂，浸染十三朝古都西安的气质，触摸华夏深处的灵魂。我贪婪吮吸着祖国每一片土地散发的芬芳，我深恋这片境地每一个迷人的地方……它们从我的车窗外闪过，一如初恋的爱人让我心弦颤动；又像身上的细胞，我努力想要它们全部融进我的血液。我登上西行最高峰华山，看鹰在半空盘旋，红果在山间放彩，人在云间登攀……我在峰顶望长安，望蜀地，望中华，望东海……回望来时路，不禁吟诵李白的诗句：噫吁嚱，危乎高哉！蜀道之难，难于上青天！依稀仿佛间，又是谁在反复吟唱着这"青泥岭上路，盘旋又盘旋，百步九折绕山峦"的歌呢？！

　　我被这样缥缈的歌声禁锢着思想，仿佛回到远古；身体也坠落到谷底，孤独而凄惶。周围氤氲着白茫茫的雾岚，袅袅上升，迷离了我的双眼；那层层叠嶂的山峰又围困了我的思想和灵魂，间或传来猿的嘶鸣和子规的啼哭（不如归去，不如归去），闪现那狰狞的山峰巨石和疯吐火信的猛蛇……一个混沌的境地就这样阻挡了我的脚步，牵绊了我的身体，刺伤了我的眼眸，对着滚滚东逝的洪水和崖壁那一叶枯枝，对着峡外隐约出现的那一丝光亮，我不禁号啕大哭。

我必须要像鹰一样飞翔！那一丝光亮收敛了我的哭泣，之前的困顿和渺茫都散瘀天宇，飞向云霄之外了。只手拨开云雾，我小心地穿过荆棘林，攀上古栈道，踩过悬空的石壁，听，前面是什么声音？"得、得、得……"隐隐约约，我听见了马蹄的声声响，之后陡然听见了马帮人激情奔放的吆喝呐喊声。我转悲为喜，紧随着前面的声声驼铃，追逐着渐渐光亮的天空和远方。

就这样一路西行。越过一道高高的门关后，但见洪水、荆棘、猛兽等渐渐远去，眼前一片开阔地赫然出现。空气中飘逸出轻快悠扬的乐曲。我看见马车飞驰的身影。我看见高高的城门上，那大红的灯笼早已映红了整个的天空和视野。但此时，我也早已是汗湿满衣襟。

只是沿途那一幕幕画面在我脑海挥之不去。我深深感念于继往开来的远山凿石人，也许他们臂膀上渗出了殷红的鲜血，焦渴的嘴唇也没有生机和颜色，但是希望的火苗就那样熊熊地燃烧着他们的心房，助推着他们的理想，走出去、走出去……我听见了，这是我先民蜀人的呐喊声，是那样雄浑、豪迈和坚强。我看见了那被石壁悬崖剪影出的一双双不停挥舞的手臂，我听见了那一粒粒如晶似玉的汗水崩裂山石的声音、打钎者和打桩人粗重的喘息、深渊里伤者痛苦的呻吟和逝者亡魂的低吟，我凝望着那一项项瘦削的背脊与沉重的岁月一同被嵌入深深的陡壁。男人们的身后，是村妇们渐老的容颜，是老人们干枯的眼眸，但是孩子们却在成长中欢乐着……所有人的目光，都燃烧着熊熊的火苗，照亮了那凄清冷峻的岩石，期待那山崩石开的时刻。我还看见了滚滚江水上拉纤的男人们，只一声雄浑的三峡号子，就响彻了渺远的山林，让那不可一世的猛虎和禽蛇胆战心惊。

困顿了许久，我终于想起，这是我先民蜀人聚居地。我被围困的地方，有一

个很生动形象的名字：四川盆地。她像一颗明珠闪耀在祖国的西南内陆，西有青藏高原相扼，东有三峡险峰重叠，北有巴山秦岭屏障，南有云贵高原拱卫。这里四季分明，物华丰茂——皑皑的雪山是她高贵的灵魂，奔腾的江水是她跳动的脉搏；川西平原温暖的阳光一年四季照耀着她丰腴的躯体，催生着万物的生长和轮回；清水潺潺流淌而去，滋润着麦苗和稻禾，丰富了蜀人的想象和思想，也装满了他们的粮仓；由此便孕育出丰厚的人文历史，像星星闪耀着夺目的光彩，在这里熠熠生辉。所以，当历史的车轮前进到 21 世纪，广汉三星堆遗址以震撼人心魄的魅力出现在世界人们的面前时，当金字塔遗址出现蜀地的丝绸时，我们有理由相信：自古以来，从东到西，从南到北，世界的人渴慕着走进这里，这里的人们也渴慕着走向世界。中央电视台大型纪录片《蜀道》，就以翔实的手法再现了我的先民们是怎样沿着历代祖先从悬崖峭壁上开凿出的栈道，一步一回头，走过漫漫古蜀道，走过高高剑门关，走进古印度，走向西亚，走向欧洲，从而走进世界的。

剑门关和古蜀道的雄伟与神奇，像云一样一直在我的脑海里幻变和萦绕，我梦想追寻着前人先圣的脚步，走进雄关的魂魄。我只感到一股不可知的力量托举着我飞向了远山近水，去往那一片梦之北。

那么以江油的窦团山为原点吧，因我醉心于李白那诗句"樵夫与耕者、出入画屏中"的美妙意境。伫立山之巅，放眼四望碧绿的山野，歌者引吭，其乐也融融。游人怡然，只道是春光胜景无限好；我走过七曲山大庙的神奇和雄伟，几颗苍翠的松柏下，现代的人们正扮演着文昌帝出巡的场景。那华盖下的风景，是一片土地的安宁和温馨；我走过风水古城阆中的古粮仓栈道，《阆中之恋》隽永的歌声在脑海中久久萦绕着；我走过秀美巴山米仓古道的遗迹，光雾山的红叶就在梦境里灼灼地闪放着华彩。一路书来一路歌，我的词章和魂萦就差那最动人最神奇也最雄伟的一关天下雄——剑门关的大气与豪迈来书写了。

一路翻山越岭到剑门。如果说五百里蜀道宛如一部三国的断代史，那么剑门关就是撷取其中最精彩的华章之一。穿过时光的隧道，看三国的历史在此风卷云涌，弥漫出一股浓浓的硝烟味，刺激了我的耳鼻喉。一片激灵中，我依稀看见了五丁打开蜀门的印痕，仔细探寻着孔明建关设尉的遗址；李白大师的"蜀道难"让我震撼，陆游仙翁的销魂诗让我忘情，刘皇叔的开国志给我力量，唐明皇的逃亡泪使我长叹；我鄙薄因贪恋金牛而失蜀土的耻辱，我膜拜保汉室而成石臼的荣耀。如此惊心动魄的剑门雄关攫取了我全部的思想和灵魂。所以我且行且停，在谷底，远眺半空中悬挂的古栈道，行走着三三两两的游人，或凭栏拍照，或隔空引吭而歌，顿时感到眼前那幅沉重的历史剪影渐行渐远。至剑门山，看它东西横亘百余里，仗剑依崖，威武雄壮，峻岭凌空，危崖高耸，好一个一夫当关、万夫莫开。又见那主峰大剑山锋如利剑，峭壁中断，两崖对峙，形如剑门。循道而行，至关楼，但见它雄踞关口，气势恢宏。虽历经风雨的侵蚀，屡建屡毁，却雄风依然。今天的关楼为三层木石结构的仿古建筑，底层以青石条错缝筑成，坚不可摧。伫立隘口，春风浩荡，仿佛烽火当年。登上关楼，楼阁间陈列的文人墨宝芳香扑面而来。"谁携天外芙蓉锷，高挥层霄见太空。阁道摩空星斗近，仙风吹入玉屏行。"……凭窗远望，山隘重重，巍巍大秦岭却风姿绰约，走进梦来。是那阁楼上楹联所言："蜀道关头险，剑门天下雄。"一如横额曰：眼底长安吗？我依稀忆起了我的梦境，这就是我突出层层重围后，看见的那亭台楼阁、车水马龙的欢腾景象吗？那就是大唐的长安了吗？

回望来时路，登攀者众，他们有着不同的语言和肤色，有着迥异的民族和地域。或乘飞机，或坐高铁，或驾车奔驰，从四面八方乘兴而来。"到四川来旅游方便吗？"我笑着问身边一位来自东北的大妈。"不难！"她爽朗地回答。攀上关楼最高处，目击谷岸狰狞的巨石，山林猎猎作响的旌旗，山顶刀削斧劈般的峰峦，我闭眼感慨良久，不知道蜀道的下篇文章，该怎样开头？怎样结尾？才能表达此地无法用言语来形容的心情？

原来蜀道文章的开头应该是由翠云长廊来引吭的！沿着上山的曲径，穿过一片红艳艳的红豆树丛，于几株苍劲古朴的松柏下，在一黧青色的鹅卵巨石上，当标记着"清康熙三年间"字样的"翠云廊"惊现眼眸时，当雄壮威严的张飞植柏青铜塑像撼人心魄时，当郭沫若笔走龙蛇般的"剑门蜀道"嵌入脑海时，我屏住

了气息，思维也仿佛瞬间凝滞。

雄关之地应该是蜀道的一首雄壮序曲？"剑门路，崎岖凸凹石头路。两行古柏植何人，三百行程十万树。翠云廊，苍烟护、苔花荫雨湿衣裳。回柯垂叶凉风度，无石不可眠，处处堪留句……"从先秦至明清，由近万株古柏组成的绿色长廊，生机盎然，缠山绕岭，它倾出磅礴的气势，如明珠般经千年沧桑而不暇，以"蜀道灵魂"和"国之珍宝"之美誉，在远山之巅散放着夺目的光彩。

古蜀道行有多难，古蜀道历史有多久？道旁的松柏在述说。你看那遒劲的根，一如饱经风霜的老者（不正是我那在悬崖峭壁上赤裸着臂膀，劈斧开山凿路的先民吗?），历经自然和历史的风雨，却百折不挠，咬定青石不放松，守望者足下的土地，稳稳地承载着祖先的厚望和热情，兀自岿然不动。"三百余里官道，数十万株古柏"，在历史的长河中淀积出厚重的人文精神和璀璨文化，沐浴着每一个踏上这片土地的人们。悠悠青石路，茫茫松柏林，遥想秦月汉关，吟诵唐风宋韵……抚今追昔，我走过张飞植柏的三国文化故事，走过荔枝柏树的瑰丽传奇，走进唐明皇在这里守望一骑红尘妃子笑的爱情故事里！

曲径通幽。攀上翠云阁，遥望若隐若现的七十二峰峭立的身姿，循着巍峨的剑门关历史硝烟和烽火痕迹，我的思想宛如那玉带般飘饶而来的川陕公路，以关楼为故事的城堡，一头连着关外，一头系着天府之地；一边是远古的历史，一边是繁华的当代。在历史的分水岭上，剑门关依然坚守着它的千古雄风，见证和述说着历史的沧桑和厚重。而川陕路上奔驰的汽车早已碾碎了历史的沉重和蜀地的困苦艰险，彰显出关内关外无限的风情和繁华。古栈道上且行且走的人怀着的是一丝古情，嗟叹的是往事风云。唯有那山，那树，那水，那石……见证着人类的繁衍生息，见证着漫漫蜀道的神秘和传奇。

那日午后，在华山北峰顶，金色的阳光耀亮了我的心房，我的目光越过山川与海洋，黄河与长江，一桥飞架南北，天堑变通途。真道是：雄关漫道真如铁，而今迈步从头越！

峨眉山金顶情思

佳节又端午，艾叶正蓬绿。当米粽淡淡的清香牵引了人们的思绪，龙舟竞渡的呐喊声震颤了中国人火热的情怀时，你可记得那些关于端午的久远传说和故事？

此时，我如诗的梦境正穿越神秘的巫山，淌过静静的屈原问天狭缝汨罗江，停驻在那魂牵梦萦的仙山——峨眉山，这就是当年白蛇娘子为了美好的爱情，在端午节飞天峨眉摘取灵芝救许仙的天上宫阙！

然而这绝不是梦境！

5月22日晚，从南充开车西南行，一路坦途，四个小时后我们抵达峨眉市。

翌日一早，开车至峨眉山麓，仰望群山逶迤连绵，葱郁葱茏。看金色的阳光洒满其间，层林尽染，一幅生动的绝版山水画立刻映入了眼帘。才入沟壑，猛见一涓涓细流从林中山涧奔泻而出，如白色的丝带般飘绕而来，极尽少女的妩媚和羞赧，心情顿时如沐山泉，是那样清新圣洁。上山的路百转千回，我们的心也跟着在飘舞飞扬。30分钟后，至半山，眺望远山，那姿态万千的山峰，如一颗颗碧绿的翡翠，镶嵌在群山之中，闪耀出夺目的光芒。

午后，一行人沿着石梯攀行，直奔金顶索道口。台痕上阶绿。山行本无雨，空翠湿人衣。道边，一草皆成木，一树就参天。崖壁畔，一树杜鹃迎风玉立，如蝴蝶般傲然地展开生命的翅膀，藐视着万丈沟壑，把鲜艳的花朵盛开在绝壁之

上。那时，正有一缕雾岚袅袅上升，蓦然回首，众人不禁疑惑，举步不前：这是人间，还是仙境?!

午后2时许，我们至索道口，改乘索道上金顶。就在索道启动的那一刹那，我仿佛看见一只翱翔的鹰，正飞过天下最秀丽的山——峨眉！鹰的翅膀下，抖落的是一颗颗激动的心。鹰隼掠上来的是一个个永生难忘的画面：有时坚挺的青松如剑，染霜的剑鞘晶莹透亮，直指苍穹。又如威武的士兵，对仗绝壁，震撼世人；有时傍崖的杜鹃开得如火如荼，仿佛仙山的金镂玉衣，衣袂飘飘；有时又如跌进云端，眼前白茫茫一片，空尘隔世……但这些镜头都只一闪而过，我们很快就到了金顶！

不，确切地说，我已经梦游到了传说中的蓬莱仙境！迈出缆车的那一刻，当若有若无的梵音传入耳畔，循着只应天上有的音律，当伫立云端的琼楼玉宇展现在眼前时，我屏住了呼吸，按捺住一颗狂跳的心，小心翼翼地触摸着汉白玉栏杆，努力想要看清天上宫阙的容颜。

一座雄伟的宫殿，一尊庄严的佛像，成了中国四大佛教名山之首的峨眉山的灵魂！高48米、重660吨的佛像是目前世界上最高、最大的十方普贤铜像。精致的金殿、铜殿建筑面积为1800 ㎡。金殿为铜面鎏金屋顶，为目前中国最大金殿。堪称世界神殿的金、银、铜殿围拱着一尊48米高的十方普贤金像屹立在顶峰云海之上，瑞气万千。在丽日的照耀下，十方普贤金像更是流光溢彩，产生出一种夺人心魄的壮美。以峨眉独尊的磅礴大气，形成了不同凡响、底蕴丰厚的"第一山"文化。闻名遐迩的"日出、云海、佛光、圣灯"四大奇观之外，峨眉山又增添两大旷世景观。

转朱阁，至金殿后，俯瞰山下，见白云飘渺辽远，杜鹃灼灼盛开，青松坚挺笔直，听着人们传来的欢声笑语，不禁心旷神怡，心境刹那间豁然开朗。思绪也穿过辽远的巫山神雨，穿过奔腾不息的汨罗江、大渡河、青衣江，汇流进浩荡的长江，回到了现实。这不是梦境！当年白蛇娘娘飞天峨眉山取灵芝的传说已经让我们变成了现实。

迷醉丹青光雾山

辽远的米仓山古道

四川巴中的光雾山是巍巍秦岭山系大巴山脉米仓山的孩子。

风光旖旎、内蕴丰厚的光雾山也是哺育滋养世代生活于此的巴人母亲。

走过沧桑走过岁月的米仓山古道是衔接泱泱中华大江南北、古今未来的红绸丝带。

我总是于阳光灿烂的午后，眼眸向北，遥想她神秘而婀娜的样子。她或者在雨雾中，或者在晨昏里，宛若素衣浣女，熏染了淡淡的远古烟火色，袭一身三国的棉麻布袍，穿过岁月的硝烟烽火，抖落血雨腥风的历程，沐浴着灿烂的丽阳，器宇轩昂地阔步朝我走来。

而我再也不想等待，最终，是我走向了她。据说这是她最动人的美丽时节！

那天刚好立冬，时光刻在 2014 年 11 月 17 日这天。

汽车绕行在山谷中。冬雨淅淅沥沥，冷冷地敲打着车窗，像一叶叶薄薄的刀片，点点削减着我们的激情和温度。都云蜀道之艰险，此路又为出川必经之地。但见两边悬崖峭壁林立，足下沟壑溪水潺潺，如入无人之境。蜿蜒的山路蚯蚓般惊悚地盘曲在谷底，在水雾弥漫的世界中前行，不知山路的尽头在哪里，终究它又要延伸到何处。自早上 9 点从巴中出发，在南江县高速出口下道后，我的心就

一直在"蚯蚓"的盘曲中起伏跌宕，这就是与米仓古道同行了吗？目之所及皆常景，路之终点的山有没有传说中层林尽染的壮观景象呢？我知道山外的那一边是秦关，关外是汉中，是潼关和灞桥，是秦始皇陵和兵马俑，是大雁塔和华清池，是盛世的殷商和大唐，是江南江北的梦想。我曾东而去，过阆中，历广元，拥汉中，穿秦岭……我也曾蜀地西行。走过蜀道的艰难和险阻，走过八百里秦川的伟岸和雄魂，浸染十三朝古都西安的气质，触摸大唐深处的灵魂。

旷谷了无人烟。迷离的山峰忽远忽近，莽莽苍苍。它们颇似巴山那栉风沐雨的勤劳儿女，深情固守着这片热土，或者仰首，或者曲颈，或者俯身，或者引吭，哪怕经年霜雨与雪冻，任尔东西南北风。一个个形态万千，神似逼真。沟壑涔涔的溪流应和着山涧松涛的音律，奏响出一曲巴山民歌的小调儿，撞击着我的心怀。只手撩开茫茫的雨雾，就看见巴山背二哥从历史的深处走来，且把一个厚实的背脊，裸露在莽苍的古栈道上。

漫漫出关的蜀道，于我的先人蜀民是何等辉煌的梦想。他们一直在努力。记得那还是几年前的阳春三月，当成都平乐花开时，凭筝舞春意的我，曾在古镇的丝绸之路起点上无限遐想，可不可以跟着丝路上响起的一串串空灵的驼铃声声，走出蜀地走进远方呢？又或者是在一年前星火流星的七月，我走过绵阳梓潼的张飞柏，走过春节老人落下宏夜观星宿的阆中古城，走过武皇故里雄浑的剑门关，走上古蜀道翠云廊的登高台，仰望长安，望塞北，望中华……而我在今天，终于踏上神秘而苍凉的米仓山古道，它因袭着历史文化、民俗文化、生态文化和宗教文化，我又能否走进它的魂魄走向它的未来呢？

（史载：五千年的米仓古道是我国最早的国道。在川东北地区政治、军事、经济上占据着重要地位，后又逐步分为官道、兵道、商道。它纵贯秦巴山区，连接黄河长江流域，北上三秦而通中原，南下四川以达南方，古称大行道。沿途高峰丛集，万壑分流，先民依势开道，成于夏商。北起汉中，经南郑入南江界，越米仓山，踌孤云两角，南抵巴中，其间西去成都，南至重庆，自古乃兵家必争之道。）

人文荟萃的仙山

渐出山谷。汽车开始盘旋向上。雨雾中，巍峨的群山苍茫辽远，逶迤连绵，直视得轿车像只小甲壳虫，在深山古道中飞行。

终于抵达光雾山之麓。我们目的首站是大坝。车过山坳。看地图足下是陈家山，我们也一直在著名的米仓古道遗迹中穿行。直向北，顺着历史的足迹，可到铁炉坝，到蜀地秦关，到汉中，再到陕西。向西，则可走进巴蜀胜地光雾山的深处，走进孕育了神秘巴人文化的仙山魂魄，走进彩林尽染的风景地大坝，走进泉水飞瀑映山溢彩的十八月潭。

在拗口，古道向北，也牵引着我的思绪朝北。我的眼眸掠过那一座座连绵的山峰，在川流不息的车队中，在现代化的公路里，搜索着古道的遗迹，聆听着历史的音迹。我望见高高的蜀门秦关横亘在远古与近代的分水岭，维系着米仓山和光雾山跳动的脉搏，抒写着"马自云中出，人从天上来"的雄峻与险难，诉说着巴山游击队的传说与故事。

我的灵魂凝聚着秦关蜀门的伟岸与英姿，我的躯体便雄起起气昂昂地挺立在这中国南北方的地理分界线上，内心丰盈着博大精深的中原和十三朝古都的精髓，回望蜀地。

我的思想瞬间又丰满圆润起来，因为我看见视野中端的铁炉坝燃烧着熊熊的烈火，炙烤着我的灵魂和激情，它正迸发着前所未有的生命力，张开双臂拥抱着那不尽的来往过客。

翻开中国四川省巴中市地图，开启光雾山风景之窗，透视铁炉坝，它更像一个勇敢的猎手，捍卫着这片大山的物貌天华，睨视着虎狼豺豹的觊觎。它凛然傲立于蜀门秦关三公里之外，扼守着川陕交界处的光雾山和米仓山景区咽喉。铁炉坝村——自陕入川的第一村，距光雾山镇8公里，距大坝21公里，幅员面积28平方公里，海拔1300至1540米。

翻开南江县志，仔细倾听铁炉坝的诉说吧。秦末汉初，汉王刘邦谋图霸业，欲与项王关羽决一雌雄。大将韩信四处搜寻，终率兵深入米仓山腹地，在一个十分隐秘的地方驻扎下来，整日操练兵马，开辟了大坝牟阳故城、月琴坝等几十个练兵场所，并在大坝和月琴坝之间（时称为中坝）铸造兵器。四年后，韩信施用"明修栈道，暗度陈仓"之计，出兵北上，展开楚汉之争，终为刘邦夺得天下。身在山外的项羽做梦可能都不会知道，巍巍秦岭米仓山和光雾山的一个弹丸之地，日后竟成了彪炳史册赫赫有名的地方——铁炉坝。世人敬仰一段轰轰烈烈的历史，或许更想留住那铿锵有力的打铁声声？特地把中坝改名为铁炉坝了。

我的思想融进时空的音壁，不由飘飞到铁炉坝，就在眼眸回转的刹那间，惊见我的先民和这片大山的相互依存和彼此之间的挣扎，山里关外那些血与火的拼搏和掳杀。从远古到现今，从蜀门到秦关，在米仓古道上，有过多少生与死、爱和仇的故事在演绎和流传？夏禹王会盟涂山，巴蜀往焉；萧何月下追韩信于韩溪河，曹操征张鲁而刘备筑牟阳城于大坝；唐代皇子李贤李重茂贬谪巴州集州；宋元之际蒙将桑入川攻合川钓鱼城；明朝设巡检司于大坝；清代白莲教义军横行川陕各州县；现代红四方面军建川陕苏区于川北等。三国的硝烟未尽，剿灭土匪的枪声还没走远，巴山游击队又在一个叫桃园的地方抒写了一段壮丽的诗行。根据有关资料记载：1935 年红军北上时，为牵制敌人，在这里留下了一支部队，叫巴山游击队，他们与敌人浴血奋战五年之久，写下了一段可歌可泣、悲壮惨烈而又气壮山河的历史。为纪念红军在这块土地上与国民党反动派的斗争历史，今在铁炉坝建有"巴山游击队纪念馆"，是全国 100 个红色经典旅游景点，四川省爱国主义教育基地。

那天晚上，留宿光雾山镇。桃园于此延伸开去。逛夜市，隔空仰望，见四围天幕与林立的奇山异峰相衔，把小镇相隔成一个人来熙往的世外桃源。四处蜂拥而来的游客们挤爆了小镇的宾馆和饭店，从各地飞来的各种款式各种品牌的"甲壳虫"们匍匐在屋檐下、街角处。世代居住于此的人们脸上抑制不住喜悦的笑，卖烤鸡的、板栗的、野菌的、草药的……街边一字排开去，像敞开大山的胸膛，露出那些鲜活丰盛的六腑五脏。适逢盛世，远山有景，花香蝶自来。徜徉在热闹繁华的小镇上，只想留做山里人！

正是满山红叶盈彩时，我一直不知道光雾山的红叶，是不是巴山儿女们的鲜血染红的？小镇如今的繁荣和昌盛，是不是红军和游击队员们的英魂铸就的丰碑？

视野向西。

一个叫牟阳故城的地方。置身其间，把心灵放牧在一片开阔之地，拥四围山峰入怀，让穿坝而过的小河荡涤俗世的喧嚣和尘埃，思维从纯净的空间飘散开去，铁马冰河的声声马蹄就从汉书中奔袭而来，交融了这如诗如画的世外桃源。山林的婀娜柔美和刀枪兵城的粗犷豪放如此完美结合，给这块风景如画的幽谷赋予它历史地标的新名词——"牟阳故城"。秦末汉初，刘邦的大将军韩信以牟阳坝为核心建牟阳城，操练兵马，打造兵器，四年后，韩信用"明修栈道，暗度陈仓"之计，从这里出兵北上，最终为刘邦夺得了天下。

坝之下，一关又一关。

先巴峪关。又称石卡门，设于汉代，为川陕分界线。也是米仓古道主线上一处重要的关隘，经此北上汉中直通长安，南下巴中以达成都。川陕两省曾在巴峪关同设巡检司与驻军把守。

再是上仓坪。秦末汉初，韩信开辟牟阳城练兵，建有许多粮仓，此为其中一处，曾是米仓古道上一个重要驿站，也是牟阳故城经巴峪关到汉中的必经之地。它不仅有着沧桑而辉煌的历史，还是一块绝佳的风水宝地，曾吸引许多风水学专家到此考察。站在上仓坪细细观看，龙隐山宛如一条青龙从贾郭山飞驰而来，龙头高耸，龙须舒展，活灵活现。

再次是下仓坪。它位于火墙岩。因其位于巴峪溪与大岩溪交汇处，山体正面和两翼均是悬崖绝壁，山峰位于山体中部，形如烟道，四周的悬崖，全为褐红色，好似一堵"火墙"，故名"火墙岩"。

还有土卡门。米仓古道上曾建有许多关隘，此处曾建关卡，护卫上下粮仓，因用黄土和石块夯筑，称土卡门。

还有军用微波通讯站遗址。在 20 世纪 50 年代，香炉山顶建有军用微波通讯

站，曾驻扎过一个加强排的雷达通讯部队，他们是秦巴大地的天眼，直到 20 世纪 80 年代初才撤走，今留下钢筋混凝土构建的营房和发射机房废址，依然可寻觅到当年子弟兵的风采。

……

像一个孩子，我是那么贪婪地吮吸着这一片山林散发的幽香。徜徉在历史的长河与星空下，我迷恋在这片境地每一个关卡的故事和传奇中……它们一如初恋的爱人让我心弦颤动；又像身上的细胞，我努力想要它们全部融进我的血液。正是此地此景编织的柔情和似水年华，铸就了如剑似鞘的那些山峰吗？以及巴山儿女们那勇敢和坚强的品格啊？我在峰顶望蜀地，望巴中，望故乡，是不是亿万年的沧海桑田和亿万年的人间恩爱情仇都在那利剑出鞘的山峰中渺小如尘啊。而鹰在半空盘旋，红果在山间放彩，人在云间登攀……正如歌中唱的那样：巴山一块迷人的翡翠，神仙居住的地方；有童话般的美丽，有瑶池般的风光……

浓墨重彩的森林

雨雾弥漫成一张扯不开的网，无边无际。我忧虑地盯着白茫茫的视野，心头洞开了一个大大的冰窟窿：今天难道真的要与梦想中的美景失之交臂吗？未必真乃雾的山啊。它本该叫孤云山的，只因为公元 42 年汉光武帝派兵进攻巴蜀，驻军此山中坝，他又亲临兵营犒慰三军，人们故称为光武山。后来避讳，加之山中常年浓雾弥漫，又名光雾山。

就在灿烂的梦想像美丽的蝴蝶坠落峡谷时，车子刚拐过陈家山的山头，不可思议的一幕景象突然出现了：眼前豁然一片开朗，雨没了，迷雾也褪尽，远处的山峰和近处的山峦线条是那么清晰和自然，白色的公路濡染着古道的气质，宛如游龙般生动地逶迤在群山。视野中绿色的林波和淡黄的峰林交相辉映，莫不是巍巍大秦岭抛出的一条彩色丝带，飘逸而来，缠绕了米仓山麓光雾山的纤腰丽姿？

漫山遍野的绿树丛中，点缀着或黄或橙或红的颜色，一片五彩斑斓的彩林景观呈现在眼前，红叶与绿叶齐飞，层林同群峰共染。而之前在谷底酝酿出的巴山民歌则在心头升腾：人间仙境光雾山，山在云雾缥缈间，光照雾隐碧峰露，雾涌群山云中埋。哥在山中抓把雾，轻轻捏出数滴水，妹在山中唱支歌，震得漫山细雨飞。

那一瞬间，我的心从谷底升到了天堂，满目青山渐渐淡出视野，或黄或绿的群山凸显。那黄色的林子如花灿烂绽放在青山丛中，又如迎风招展的一面旗帜，在米仓山的腹地猎猎作响。穿过这一座座的山峰，顺着米仓古道的历史足迹，便可出川。而光雾山像一面屏风坚挺在此，固守永远。

顺着蜿蜒的山路，看着腰系山间"丝带"上越来越多的"小甲壳虫"，仿佛一只只轻巧的蝴蝶，在彩林中飞舞，不禁感慨万千：历史的车轮声渐行渐远，战争的硝烟烽火业已不再，往事依稀成梦里，唯有今天巴山迷人的山水和风情，牵引着人们的脚步，迷醉着人们的心灵。

翌日晨，推开小窗，一幅清新的画面扑面而来。清澈的小溪温婉如伊，袅袅娜娜飘然而至，氤氲着如丝如缕的雾气，渴望着空中云的抚爱和亲吻。这是嘉陵江的孩子——焦家河的诞生地，她从光雾山峰顶的雪山逶迤而来，就那样聆听着江的涛声，追赶着海的脚步。高高的龙架山云缠雾绕，他亲昵地拥吻着这雪山伊人，许是激情燃烧了血液，从春天到冬天，从日出到夕坠，他不断变幻着身姿和色彩，沿着河水奔流的地方尽展才情，演绎出景区旷世夺目的美。且看桃园的龙潭跌瀑、金墩、天马恋，到望郎归、巴山日出、卧佛横空、鲤鱼跃龙门；从巴蛇游山、太极天坑、情侣峰，到孔雀开屏、结义石、静影沉璧……从大坝的各个关口，到十八月潭的高山流水……一路山峰各异，风情万千。春观花来夏玩水，秋赏叶来冬看雪。巴山儿女穷尽想象的空间，赋予它们灵动的名字，给予山林丰富的内涵。

中午，折进大坝的一户农家小院。门前栽种的一棵棵红豆杉正当时，艳艳的果实垂挂枝头，在寒风中传递出浓浓的温情。在天寒地冻的深山，喝着黄羊肉汤，烤着竹炭火盆，欣赏着外面如诗如画的森林斑斓色彩画，顿感幸福于此，温暖如斯。丰厚的旅游资源给这一带的百姓们点亮了生活的梦想，红红火火的不再

是当初铁炉坝的灶膛，而是他们现今的日子。

怎么能不动情？眼前展现了一幅大气磅礴的画卷。那漫山遍野的彩林，自上而下，层林尽染。沿着溪水往下走啊。溪水潺潺，清澈见底，倒映出两岸如火如荼的山林。这真是神仙们居住的地方吗？那么一定是他们不小心打翻了手中的色调盘，油彩便像泼墨一般浸染了那一丛树，那一片草，森林于是一夜之间幻变成了童话中的王国。

车如龙，游弋出大坝，钻进山间古道，且走且停。视野里的彩林无边无际，自上而下，从左而右，从各个角度和不同的方位展现着它惊心动魄的绚烂景色。人在画中行，心宛如蚕蛹被这块美丽的布包裹，独自沉醉。自然界真是一位神奇的国画大师啊，一到金秋十月，便挥舞着手中的彩笔，把光雾山描绘得这般多姿，推送到世界人们的面前。莫道巴山一夜风，木叶映天红；色比桃花艳，秋如春意浓。树叶渐渐地由黄转橙，由橙转褐，由褐变红，一夜秋霜，霎时，万山红遍、层林尽染。580平方公里的红叶景观（景区共830平方公里），40多个品种的树木（包括植物活化石水青冈、枫树、椴树等），20多种形状的红叶（有手掌状、羽毛状、针形状等），10多种颜色的彩林（有火红、品红、酒红、紫红等），让这里的天地渐入"丹枫烂漫锦装城，要与春花斗眼明"的奇妙佳境，并当之无愧夺得"天下红叶第一山"的嘉誉。难怪吸引了英国、德国、法国、加拿大和美国的植物专家前来考察，并把光雾山景区称为"金区"，把光雾山红叶称为"金叶"，它的美由此传遍了大江南北、大洋彼岸。

穿行在如此美丽的天然画廊，享受着大自然馈赠给人们的精神享受，我如同走进唐诗宋词的梦境，不禁阅读和品味，不禁沉醉和深思。巴山的雨，巴山的河，汇聚成一条清澈的江，浩浩荡荡，相衔了远山和近景，疏浚了南北和东西；巴山的叶，巴山的木，生长成一片繁茂的林，哺育了巴山儿女，滋养了华夏文明；巴山的歌，巴山的情，编织成一条彩色的丝带，系住了关里和关外，灿烂了远古和现今！

烟雨竹海蜀南情

我的梦中有片海，它在蜀之南。时光回溯到 2008 年 8 月 8 日晚 8 点，在国家体育馆"鸟巢"，当这片美轮美奂的海以磅礴的气势扑面而来时，全球超过 40 亿收看奥运会开幕式的人们共同见证了它那灿然而动人的历史时刻。蜀南竹海，它第一次那么形象逼真地嵌入了我的脑海，撼动心魄。

时隔五年，正值孟夏。晨后新雨，从山城重庆溯江而上，往蜀南，只因那一汪碧海。

过泸州，午时至宜宾长宁县。雨，飘飘洒洒，染绿了山冈，润泽了夏禾。一路驶来，清丽的淯江舒展它那美丽的画卷，如歌如诗。看，几丛竹影婆娑间，才有一行白鹭浅翔低空，翩然而去；却又惊见几处沙汀中流砥柱，渔翁们披蓑戴笠，手执长竿，傲立风雨。最是沿途那一簇簇青翠的竹枝，宛然一缕轻柔的丝绸，裹挟了我的灵魂，引往山中那一片山林。

少顷至万岭镇。漫步其间，街道两旁琳琅满目的竹制品散发着淡淡的清香，蕴含着无尽的雅致，竹凳、竹椅、竹帛……无不彰显出人们的智慧和一种生活素朴的美。淯江自桥下潺潺而过，荡漾出玉润清透的绿色波纹，那定然是由 7 万多亩、遍布大小 28 座山峦和 500 多个山丘的竹萃聚而成的颜色吧！满目翠竹，如幽兰暗香般袭来，沁人心脾。更有那动人的传说，牵引着我的情怀。相传，蜀南竹海所在的"万岭山"本是女娲娘娘补天时遗落的赤石。天宫之中有个金鸾仙子

私自下凡想给此山编翠织绿，不料因触犯天条被抓回天宫治罪，交由瑶箐仙子看守。瑶箐仙子很钦敬金鸾，便偷走父亲南极天官的放行牌，送金鸾逃出南天门。不料她俩被天门神将发现，金鸾打入天牢。众神念及南极天官昔日恩泽，为瑶箐求情，玉帝才将她贬到凡间，令其在"万岭山"编织绿波，并接上九天，才可以重返天庭与父团聚。南极天官泪别爱女，送以七星蚊帚。众仙姑也含泪相助，赠以各种翡翠玉器，为织翠编绿的种子，织女还送了一条可以化云变雨的白丝绢。瑶箐自天南而下，落脚于"万岭山"的荒山野岭之中，日出日落，播撒翡翠，挥蚊扫帚、舞白丝绢。荒野中，一颗颗嫩笋终于破土而出，一簇簇新竹拔地而长，一片片碧波竹海向着九天延伸。贫瘠的万岭山，终于变成了一块美丽的碧玉，这块碧玉就是今天的蜀南竹海；竹海里的淯江河，就是瑶箐仙子遗落的那条白丝绢。

穿过石桥，沿着蜿蜒盘曲的山路，乘着竹海碧波连九天的风迹，我想要去追寻瑶箐曼妙的仙影。蓦然回首，却发现山腰中居然有层层梯田叠加而来，像玉带般在飘绕。我看见稻禾在雨中酣畅淋漓地呼吸着，成长着，我甚至听到了它们拔节时欢乐的歌唱。几个老农持锄而耕，忙碌的身影剪辑成一帧素雅的画，不经意间融合在周围的青山绿海，是那样的和谐自然。这一切，美丽善良的瑶箐仙子都看见了吗?!

汽车像小舟在雨雾茫茫的竹海中穿行，当高高的天皇寺出现在面前时，只觉灵魂已经放归了山野，澄澈而清灵。天皇寺位于竹海之巅，海拔1000.2米。寺内主供天皇和天皇娘娘及七仙女神像，但古寺已毁，今在遗址上重新修缮而成，与天宝寨、仙寓洞、青龙湖、七彩飞瀑、古战场、观云亭、翡翠长廊、茶化山、花溪十三桥等景观誉为"竹海十佳"。据说天晴时登寺远眺，方圆数十平方公里的万岭竹海尽收眼底；寺后壁岩万仞，云烟缥缈，可观云海日出。停车场前泊满了车辆，虽然下着雨，却并未挡住人们朝圣的脚步。怀着一颗无比虔诚的心，我拾级而上。道旁的竹静默着。雨滴不断敲打着伞面，声音清脆而空灵。上得寺后，穿过迷宫一样的回廊，转过阔大挺拔的壁柱，钻进一个古色古香的亭阁。从旋转的扶梯至阁楼最顶端，俯瞰周围，到处白茫茫一片，仿佛在云端。有烟云在身边袅袅娜娜地升腾，就像仙女飘飘的衣袂。我多么想牵一牵她们的衣襟，告诉她们：我也来了！霎时，我感觉自己已经到了玉树琼花的仙境，身姿也跟着轻盈起来，只待云端而舞。只道这里是仙境，我们便是那传说中的仙界圣人。如若天高晴朗时，方圆八百里能尽收眼底，波澜壮阔的景象一览无余，世人皆道是遗憾，于我却是另外一番欣喜：雾里不知身何处，这才是竹海的极美！

雨渐停，雾渐收。绿色的竹越来越清晰地出现在我的眼前，它宛如一朵盛开的幽兰，已经把馨香的花瓣绽放在我的心海；又如一本翻开的诗集，动人的诗句和章节都开始闪现。传说中的仙女湖就隐藏在不远的竹林深处，它的神秘牵引了我前往的脚步。我不知道，竹海深处的美，有没有打动专横的玉帝？又有多少天界的女神为之而思凡？行走在氤氲着雾气的竹林，摇曳的竹枝上雨滴簌簌而下，像外婆家美妙的风铃音！荡舟于清澈碧绿的湖上，掬一捧晶莹透亮的水，悠然地划动竹筏，只一瞥惊鸿间，仙女们的美妙传说和现实中隽永的意境相得益彰，想必玉帝终被打动，这里就是恩赐于金鸾仙子和瑶箐仙子的天然浴池了。湖上薄烟袅袅，周围翠竹环绕；几尾鱼儿突然嬉闹出水，引来游人一阵欢天喜地的惊叫；声响震醒了湖中爱恋的野鸭们，"嘎嘎嘎嘎"一阵扑棱，飞快遁入竹林，瞬间没有了音迹。"蝉噪林愈静，鸟鸣山更幽。"竹海深处一场润物细无声的雨，洗去了世俗忙碌的烦躁，让我获得了久违的宁静与平和。没有了忧伤，没有了烦恼，越发觉得这就是逃离了红尘了，已然融入了那湖水中。这，难道不是神和人共同追求的美的境界吗?！

徜徉在青山碧水间，穿行在竹的海洋，而我更想去感受李安大导演卧虎藏龙的足迹，便一步步踏入海洋的深处。天气渐渐明朗，若有若无的阳光透过竹林罅隙，映照着竹林幽径，青石板上，早有苔痕上阶绿。看着满地金黄的松软落叶，想若能在此练一段瑜伽，该是何等的美妙。间或有小桥横断石径，便有那淙淙泉水一路作伴，更添了许多的情趣和景致。桥边有灵巧的山里人，细细把弄着手中的一段鲜竹，一会工夫，一个雅致的雕花竹筒或者一把精致的小竹椅就出来了，

生活的闲适和惬意立时有了生动的诠释。游人带了回去，算是把这满山的翠绿满山的幽静以及满山的记忆一并带回家了。

充满神秘诱惑的是天仙寓洞，也叫天宝寨，或许那里就是藏龙卧虎的地方了。相传建于1862年清代咸丰年间，地方官府为防御石达开太平军入川而建。又有传说瑶箐仙子在万岭镇编翠织绿成功，感动了玉帝。玉帝放出金鸾，并要赏赐瑶箐。但瑶箐面对满山遍野葱茏的竹海，难舍情怀，愿长相守。玉帝大加赞赏，遂赐封瑶箐为护竹居士，并派雷神护送青龙犀牛各一条、神龟百只前行为瑶箐护竹。瑶箐乃在竹林深处的绝壁上开凿洞庭，日夜守护。她旱洒甘露，涝排水害，使得万岭的千山万壑日益繁茂，秀色千年不褪。"仙寓洞"自此得名。据说，雷神因返回天宫之时，唯恐青龙性恶，便用九天神链将其锁住。但那犀牛乖巧，府内洞外来去自由，逍遥自在。倒是那百只神龟帮助瑶箐仙子挖沟渠运竹种，任劳任怨，深得仙子喜欢。每年冬月二十六仙子的生日，仙子们都要邀请它们来犒劳一番。现在，在仙寓洞的岩壁上，依然可见到锁青龙的那根链子；洞中飞瀑之下，那只犀牛还在惬意地洗澡呢！倘若天气好的时候，站在仙寓洞向外眺望，即可看见云海之中一座座碧绿的山包若隐若现。这就是那些可爱的神龟们，还在虔诚地给仙子祝寿，所以这个景观又叫"百龟拜寿"。

天宝寨位于竹海南部擦耳岩陡崖之中，因自然景观和人文景观极佳，被誉为"竹海明珠"。此地山势回环，丹崖如削，幽深奇险。当红彤彤的崖壁突兀在眼前时，我惊喜地欢呼起来，幽林中的丹霞地貌炫亮了我的眼眸，幽谷里也传来浑厚的回响。宝寨就隐藏于悬崖的峭壁上。探行在崖壁上开凿出的那条长达1500米的栈道上，仿佛在天和地间腾空走壁。约百余米后，至洞口。这洞高15米，深约10米，长200多米。东山门石柱上有对联曰："天际出悬岩，石窍玲珑，问混沌何年凿破；云中寻古洞，淡烟缥缈，看神仙海外飞来。"清代诗人沈毓新有诗赞曰："仙寓之山高插天，上有石洞悬其巅，一径盘空绝人迹，只许猿鹤时蹁跹。"其上是莽莽的竹林，之下是竹海大峡，深不可测。冥冥之中，我仿佛在进行一场时空的转换和穿越，梦里不知身是客了！传说洞内始有道观，宋以后相继建造老君殿、玉皇殿、大佛殿、观音殿等，故佛教和道教共存于此。由于仙寓洞临岩而建的木建筑被毁损，道观已不存在，但石洞的旧貌犹存。洞内仍有明嘉靖年间摩崖石刻佛像和道教神像 40 多尊以及今人摩崖临摹的西游记故事等浮雕群。1994 年，香港作家、国际佛教学会研究中心研究员何洁居士捐资修建了释迦牟尼卧佛和紫竹观音。1997 年长宁县文物管理所又重建了大雄宝殿和小雄宝殿，昔日华彩重现万岭山半壁。

伫立于洞中的瀑布下，凝眸远眺。雨后竹海云蒸霞蔚，与红彤彤的崖壁相映成趣。丹霞崖壁像天空的云彩一样，寂静地深藏于山中，在竹海的烘托下，散发出旷世夺目的美。它更像是那仙女的裙裾，飘逸在半空中，让人仰望和膜拜。这需要有缘人的，穿过壁崖空中的石寨长廊，从天皇寺到仙女湖到仙寓洞，我真正体验到了西游记中那曼妙的玉树琼花仙境，恍若隔世。

翌日晨，竹林新雨后，空气中飘逸出淡淡的芳香。漫步于翡翠长廊，踩在用当地天然红色砂岩石铺成的道路上，看两旁密集的老竹新篁蔽日遮天，红色地毯式的公路与绿色屏风似的楠竹交相辉映，尤其是两旁的修竹争相内倾，几成拱形，使长廊越发幽深秀丽。万竿拥绿的翡翠长廊，只道是："红霞铺垫，玉柱框廊；炎阳无炎，狂风不狂。"

下山，至忘忧谷。只觉谷底朦胧幽深，有小溪流涓涓而出；沟谷楠竹林繁盛茂密，遮天蔽日。山谷门毗邻一竹亭，用楠竹建成，古朴自然，上有门联书曰："万竿翠竹扫去滚滚红尘，一溪清流奏出淳淳韵音。"其时游人如织，想必都是来清扫滚滚红尘的烦恼和尘埃的？进入谷门，左面是一排临山而建的竹廊，依次摆放着当地人制作的竹筷、竹车、竹椅等竹制旅游工艺品。右边是竹寨，庄户人正忙着把煮好的玉米、洋芋、腊肉和竹笋等当地风味美食出锅，以备那远道的游客解馋。放眼望去，那竹亭、竹楼、竹寨、竹桥、竹廊与周围的竹林天然地构成了一幅美妙的山水画，只待游人入画来。在烟雨朦胧的春夏时节，置身于红尘之外的蜀南竹海，浸润着万千修竹的灵性和芬芳，我仿佛觉得自己已经成了其中的一竿。栖在竹林间，随清风而舞，动情地演绎着纤尘不染的浩然之气。

前行数米，见谷中一桥，长约 5 米、宽约 4 米。桥两边连着山体，溪水自桥下潺潺流过。原来此桥为一巨石，呈水平状分布，下面较软的部分在水的长期冲刷下已被淘空，上面较硬的石块就形成了一座天然的桥梁。因为浑然天成，故名为天生桥。在天生桥上方十多米处，又有一块巨石凌空而降，石壁上镌刻着"石破天惊"四个遒劲有力的大字。但见那巨石一破两开，从 30—40 厘米的缝隙中长出几株楠竹来，不屈不挠，剑指云霄！我突然念想井冈山的翠竹，也是这样剑指霄汉。我猛地一颤：从远古到现今，不管经历了多少的战争和风雨，华夏大地上，生活在这片土地上的人们，都是那样坚强地与山风抗衡，与星月同辉。

顺着竹海流淌而出的涓涓细流，出得山来，直奔李庄。只为记忆中那一片片亮汪汪的白肉。小时候，过年过节时我常常守候在妈妈的案板边，就等待鲜肉出锅时拈过的那一片白肉。多年前我来过李庄，因为姑姑一家就在李庄对面的南溪县红光化工厂居住。那时候的我和妈妈从重庆出发辗转多地，坐火车坐汽车在泸州住旅馆后，方能到达这里。在外的亲人们也喜欢吃这李庄的白肉，或许看师傅用一把大刀仔细地削了很薄的肉片，然后蘸酱吃，在品尝美味的同时，也吃出了家乡的味道和童年的记忆？难怪以美著称的杨丽萍品尝李庄白肉后会赞不绝口。还有一直让我敬仰的林徽因和梁思成夫妇会在这里定居。而此时正当中午，太阳火辣辣地照着，满街飘逸出酒的芬芳。许是蜀南竹海的清润和长江第一城的江水酿造了这里的美景、美酒和美味，当古镇酒坊的师傅举起长长的铲子摊晒酒糟，小伙计捧起高高的竹筒接满新酒时，我已经醉在了这片多情的土地上。

童年记忆中的路很坎坷。南溪县城很遥远。红光厂房矮小狭窄。2003 年初夏，相携女儿再到蜀南，从李庄出发过长江第一城，经高速路很快到了南溪县。一切都变了。红光厂已经改制，表哥表弟们都在县城买了房，退休后的姑姑姑父还住在厂里，但是房屋宽敞明亮。晚饭毕，一家人坐在江边，沐着江风，忆着家乡的山水和旧事，论着眼前的美景和生活。长江第一城的夜空，散发出竹的清香和酒的芬芳，它以夜莺般美妙的音律，迷醉了世界。

走进木格措

因向往一片碧草茵茵的芳草地，更为了传说中伸手可触的一朵云，抑或是追寻梦中的香格里拉，我们钻出低沉闷湿的盆地底部，豪情满怀地驱车直奔川西高原。

沿途经成都，过雅安，至天泉，汽车驶入险与美并存的川藏线。周围峰峦如聚，足下是淙淙溪流作伴，顿感心灵栖息在了那崖畔的绿枝头，一路风尘被轻轻抖落在这山里、这水中。川藏线不孤寂，一条永远流动的车队风景线，就向世人昭示出这方天空的神奇和灿烂；还不时有勇敢而执着的驴友闪过，只留一身被汗水浸湿的背脊，让人仰望和赞叹。

当高高的二郎山掠过视野的尽头，但见氤氲的雾岚袅袅弥漫了山峰，也化作一汪澄澈的泉水，荡尽我们还有些许燥热的心灵。这里便是仙界吗？！

翻过二郎山，一阵和着酥油茶奶香的高原风扑面而来；一位黝黑的康巴汉子赶着小牛犊，生动地诠释着高原红的底色；一抹橘红的夕晖抹遍了群山，黄昏的天空澄碧如洗，却有一朵朵漂浮的白云，莲花般盛开在山尖，闪耀出夺人心魄的美色，令人心颤。

晚宿康定。翌日一早，循着康定情歌的音韵，朝往心中圣地木格措。

"中国你哪个地方都可以不去，但一定要去川藏高原，你会喜欢那里的天，那里的云和水！"走遍山山水水的先生，唯独钟情这片土地的神奇。每次听到丈

夫的这句话，我浑身的细胞就会鲜活灵动起来。

　　是藏族阿妈转动的经纶唤醒了我的高原梦？还是绚丽的格桑花晶莹了我的眼眸？醉卧于木格措的花海中，不远处传来阵阵松涛声，似在述说着一个永远浪漫动人的传说；溜溜的跑马山上，洁白的云在漂浮着、幻变着，彰显出仙界的美妙和绮丽；远处的贡嘎山，积雪皑皑，闪耀着圣洁的光芒；一只苍鹰突然掠过上空，斜飞的翅膀，便抖落了一个绚丽的梦，让我不能自己。是康定情歌木格措湛蓝的海子沐浴了我的心灵！是神秘的藏传文化震慑着我的心魄！在山之巅，在海之角，我虔诚地掬起一捧雪山圣水，只觉心在那一瞬间坠入如玉的深潭，变得是那样的洁净和温润。

永远的黑山谷

初夏，走进重庆万盛的黑山谷，就仿佛走进与世隔绝的世外桃源。沿溪行，夹岸数百步，忽逢桃花林，芳草鲜美，落英缤纷。当车顺着蜿蜒的山路直抵流水淙淙的黑山谷响水村时，我们全身的细胞顿时鲜活激动起来，那被多少人追寻的梦中香格里拉——世外桃源不是在眼前出现了么?! 因了晚上的一场绵绵细雨，中午的空气便格外的清新，阳光也似乎更加明媚。天真蓝啊，不见一丝云彩，一如水洗般透明、清澈，与秀丽的峰峦相衔，晶亮了我们的眼眸。山也青青。翠绿的山冈间，有几缕薄明的雾岚在缭绕。看那巨石兀立在眼前，或者几株碧数高耸于山尖，听隐约传来的一阵松涛音，不由得屏住了呼吸：我们已经融化在了旖旎的风光中吗？而最清新、最真切的感受，是来自足下。沿溪行，与流水做伴，和游鱼做友，赏碧树山花幽草，感觉钻进了一床柔柔的襁褓，我们是那初生的婴儿，就那样自由自在地、满怀希望地在它甜蜜的梦乡里畅游。小鸟的啁啾是那样悦人耳目，山野芬芳的气息沁人心脾，山花渐欲迷人眼时，见一栈桥飞架于两岸岩石，古朴、典雅，显出一种空旷美。站在桥上晃悠，看身影与溪水相映，觉得整个山谷都欢乐起来。刚过栈桥，还有浮桥啊。终于与溪水相吻了，在桥面，掬一捧水，水珠一滴滴溅落，很快汇入溪水中，成了汪绿一片。翻起的几朵浪花，荡漾开去，成了涟漪，至山涧，赶紧与裸露在水里的岩石尽情嬉戏。沿途偶尔可见憨厚朴实的山民，古铜色的脸，长满厚茧的手，地道的山里口音，心想喝

这水长大的人该是至纯至真的了吧。不禁疑虑：莫非真的到了世外桃源?! 山那边还有人吗？山涧边，沟壑间，松林中，瀑布倾泻而下，如丝带，如练绸，悬挂山崖，成一幅立体的画，展示着黑山谷少女般美丽的胴体。不，山那边应该是天河，天河中定然有世人不知的仙女，持彩练当空而舞，成美丽的黑山谷。13 公里长的峡谷，被自然的鬼斧神工雕琢出的黑山大佛、夜郎公主峰、白玉观音、九曲画屏等 200 多个奇异景观渲染，如一幅美丽的画，它是那样现实地、生动地烙印在我心灵的深处，永远闪耀着瑰丽的色彩。

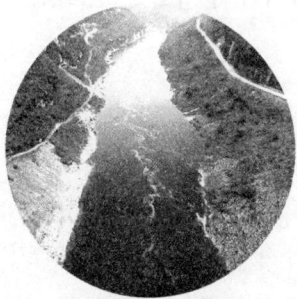

江河神韵

JIANGHE SHENYUN

钓鱼城怀想：江山千古　江流千古

公元 2014 年 6 月 18 日下午 4 时许，我正站在中国重庆合川钓鱼城一字城墙黎青色的石板上，把玩着古代战场的简单兵器投石机，把头搁置于墙垛口间，嗅着那若有若无的烽烟味，俯瞰着面前绕城而过的三江交融口（嘉陵江、涪江和渠江），扫视着碧波浩荡的江面，以及城门口山下的水军码头遗址，侧耳聆听着历史的足音，想要捕捉到沉淀于江中的故事，打捞起那已远去的逝水流年。

公元 13 世纪。中国。北方。草原深处，大漠之中，铁蹄声声，战鼓雷雷。彪悍的蒙古帝国军队呐喊着，冲锋着，跃马扬鞭处，早有大漠狼烟起，烽火映战袍。崛起于东方的草原帝国所向披靡，它挥舞着手中的神鞭，抵西亚，触北非，看世界在它的铁蹄下颤抖，心中何其豪迈，神态何其威武，敢让豪气冲云霄！看吧，阿尔卑斯的雪山惊恐地瞪着双眼，慌忙伸出巨臂想要遮挡这势如洪水的"黄军"；红海哆嗦着身子，翻涌着波涛，也想要和这匹狂奔的野马作最后的较量。东方的黄皮肤们，就那样以迅雷不及掩耳之势，波澜壮阔地改变着世界的颜色。

公元 21 世纪的中国南方。在重庆合川，在钓鱼山上，在渠江、涪江和嘉陵江汇合的地方，我的目光穿越 700 多年的时光壁，凝视着烟波浩渺的江面。那里，战船相依，桅杆林立，旌旗飘飞。蒙古帝国的大军宛如泰山压顶，一代天骄成吉思汗之孙蒙哥汗正拿着"神鞭"点画着江南如诗如画的山水城，并以鹰隼般的双眼无比骄傲地环视着四野，仿佛在告诉世界：等着吧，再等些许时刻，对面的山峦就会成为可汗的疆土，我的铁蹄声即将响彻空灵的钓鱼山上，历史于此也会抒写崭新的一页！

其实我正踱步于古城宽阔的跑马道上，满壁的苔痕和若有若无的凹道点中了我敏感的神经；宽阔的掘石场和简陋的投石机不断拓宽着我丰富的想象空间；一处陈旧的军营遗址唤醒着我沉湎于合川往事的记忆；依稀仿佛走过我身旁的一群群人，是那些男女老幼们流着汗流着血，肩挑背扛的义无反顾地走进了战争的烽火中；不断叠加出的一个个生动而清晰的镜头，在我的脑海中盘旋起伏：江面上大军压境；古城中，早已没有传说中美人儿独钓江中鱼的安然于闲适。跑马道上，马鬃飞影声声蹄，一头在这里，一头在关外；掘石场里，汉子们甩开膀子，亮开嗓子一声吼，大块大块的石头就裸露出新鲜生动的色彩，被山般堆置在投石机旁。世代生活于此的人们，用累积的智慧以最简单的方式武装抗衡着来敌，来维护自己生存的权利和利益。

接下来一周酣战。未果，又战。宛若江中砥柱，钓鱼城凛凛然岿然不动，稳立于三江之中。这不免让斡难河边奋蹄腾空的蒙古帝国大惊失色，蒙哥汗紧急亲征城下。又三月。一场旷日之战拉开阵势，世界侧目。谁能料，就在我如今足下那个简陋的投石机旁，一块普通的石头，竟然致命地击中了蒙哥汗，让一代枭雄魂断三江。世界版图随之战栗不已，从东海到地中海，从幼发拉底河到鄂霍次克海，从西伯利亚的冻土到印度河酷热的平原，从越南到匈牙利，从朝鲜到巴尔干，从太平洋到大西洋，从北冰洋到印度洋，一支纵横天下的无敌军团像流星般就此陨落。世界为之惊战：中国西南，重庆合川钓鱼城，一个 2.5 平方公里的城堡，让来自草原的猎鹰断翅，让"上帝之鞭"就此折断，它就是屹立在东方的"麦家城"！

我抚摸着钓鱼山上那座历经风雨侵蚀而笑傲江石的明代石牌坊，仔细认读着匾额上高书的几个大字"独钓中原"，脑海里升腾的烟云消散了此前美人独钓三江的虚幻与浪漫，蹴就了战争奇才余玠余义夫的羽扇纶巾和运筹帷幄之身影，合川人是值得骄傲的！海拔仅 391 米的钓鱼山，竟让器宇轩昂的阿尔卑斯雪山难望

其项背?!

我从合川现代城出发至钓鱼山，举目远眺，视野里满目葱郁，良田沃野，森林参天。伫立于钓鱼山上四望，足下峭壁林立，远处碧波浩荡。方圆2.5平方公里的钓鱼城，三面环水，确实易守难攻；加之山上良田万顷，军民们"春则出屯田野，以耕以耘，秋则运粮运薪，以战养守"，难怪骁勇的蒙古军队36年间屡攻不破。走过八公里长的古城墙，走过4700名守将浴血奋战的地方，面对这一部彪炳史册的煌煌战史，我们无权去评判历史的谁是谁非，但我却陷入沉思，诚如一些专家学者指出的：究竟是英雄造时势，还是时势造英雄？在整个民族的灭顶之灾面前，支撑起江山底线的，你说到底是威武不屈的人心，还是固若金汤的城垣?!

"我真没想到，钓鱼城竟然挽救了欧洲！这一趟不虚此行，我应该告诉我国内的朋友们，让大家都来看看。"在左倚峭壁，右临悬崖的钓鱼城护国门，一位英国朋友感慨地说。

"尊敬的教皇大人，我就在中国西南一个叫合川钓鱼城的地方给您写这封信，是它改变了整个欧洲的命运！……"2014年6月18日，在一个炽热的夏日，中国合川钓鱼城旅游文化节如期举行，会场播放的宣传片中，真实地再现着公元13世纪意大利旅行家和商人马可·波罗给当时罗马教皇写信的情景，笔尖上他对钓鱼城以及发生在这里长达36年之久的鏖战极尽墨香。而来自法国的小伙戴维，700多年后他追随着马可·波罗的足迹，饱览了嘉陵江、渠江、涪江三江交汇处的合川钓鱼城及涞滩古镇秀美风光。这片土地上旖旎的自然风貌和丰富的人文情怀，让戴维不能释怀。

除了那场旷日持久的胜战让合川蜚声中外，三江交融的独特地理优势，也让它成为中国大西南内陆的一颗明珠，怒放出夺目的光芒。古往今来，它吸引了无数的先哲前辈们于此沉淀自己的思想和学识，凝炼成源远流长的理学文化、巴人文化、龙舟文化和廉政文化等。据相关资料记载：全国至今保存最完整的涞滩镇古瓮城遗址和镇内全国最大的禅宗石刻摩岩造像群，为佛教禅宗文化圣地；北宋理学家周敦颐作合州判官 6 年，开合州理学之宗，并写下了重要篇章《养心亭说》；清初于成龙任合州知州，勤政为民，励精图治，被康熙皇帝誉为"清官第一"；史学家张森楷在合川太和镇创办"四川蚕桑公社"，被誉为川东蚕桑之父；伟大的人民教育家陶行知先生在合川草街创办育才学校，著名的专家学者如翦伯赞、贺绿汀、戴爱莲等曾在这里执教；我国四大实业家之一的卢作孚先生在合川创办了民生实业公司，成为近代中国船王，抗战时抢运物资入川被称为"中国工业上的敦刻尔克"，保住了国家的工业命脉；周恩来、陈毅等无产阶级革命家也曾在合川留下了光辉足迹。

在"2014 中国合川旅游文化节"开幕式上，央视 10 套纪录频道同时举行了大型纪录片《钓鱼城》的开机仪式；而军旅歌唱家王宏伟一曲豪迈的《西部放歌》，更让今日之钓鱼城生机盎然。看吧，漫步在三江之畔仿古一条街上，熙攘的人群摩肩接踵，小孩们一边走一边吃着喷香的烤肉串；老人们忙着和商贩讨价还价买衣服买鞋子；年轻人则在榕树下拉开架势喝着酒唱着歌……历史已经远去，战场的硝烟和烽火早已飘散到人类星河的长空，唯有这山、这水，生活在这片土地上的人们，以及他们创造的精神财富和物质文化，却一一真实地再现在眼前。

适逢盛世，窥一斑而看全身！从钓鱼山下碧波涌流的嘉陵江、涪江和渠江溯源开去，母亲河长江的支流们像搏动在祖国西部大地上的动脉，让这里的每一寸肌肤都储蓄着无限的生机与活力。不必说倚天的剑门关雄演绎了多少的传奇和故事，巍峨的仙山峨眉曾撼动了多少人的心魂和幻梦；蜀道不再难，当今世界殊，飞架南北东西的大桥和大路，也让川渝大地更加神奇而壮美。又何止那三江投入母亲的怀抱，长江又奔流到东海呢？

"江山千古，江流千古。"钓鱼山上邑人戴蕃瑨题记。这是永恒的凭证。

流过心上的大运河

一

20 世纪 70 年代初出生的我，自感人生就像大运河，流过春秋和冬夏，流过艰难与繁华，流过唐诗和宋词，流进今天，流向未来……

我与运河初结缘，还是在初中的历史课本中。它只以一种简单的文字符号出现在目端，可它那波澜壮阔的身姿和历史雄风却嵌进我脑海，给予我无限丰富的想象空间。栖居华夏西部内陆，大江大河是很能延展我视神经的，它澎湃的涛声和浓郁的异域风情，常常激起我心灵的浪花，溅进殷红的血液，幻变成一个绚丽的梦，诱惑着我与之亲吻和相拥。

或许从我有思想的那天起，文学之梦就扎根发芽在我幼小的心灵空间？作文天赋异常的我，因一篇情真意切的《家乡小河》，让我摘取了 1984 年重庆市大足县邮亭镇中学全校作文竞赛的桂冠。这条西南地区极其平常的河流，你甚至叫不出它的名字，春天会有紫色的水葫芦花盛开，秋天会有白色的巴茅草絮飞扬。它一年四季都清亮亮地流着，笑着，奔跑着向远方。每次凝视它，我都渴望它微小的浪花翻卷成巨浪，它会流进我梦中的那条大河吗？那样波澜壮阔，风光无限！它能流通到北京吗，我可以乘着风帆一直到天安门？它能奔流到东海吗，我可以徜徉在人间天堂的苏杭？

我常常一边清洗菜蔬，一边如此遐想。小河堤边，浸泡着夏天的姜冬天的葱，红红绿绿涂抹着河之风景，也濡染着哥哥的心情。父亲早逝，长兄如父。我的父亲邹平良——重庆市大足区邮亭镇基层一名最普通的党员干部，40年前，在他被提为社主任那年，为了解除缠绕在村民身上的贫穷和困苦，风里来雨里去，不幸积劳成疾。因为一个很小的病耽误医治，他竟然无情地抛弃了我们姊妹四个和孤独的母亲，赴黄泉而去，那年我才三岁。身为大家闺秀的母亲擦干眼泪后，为了几个嗷嗷待哺的孩子，毅然剪掉了齐腰的长发，像个男人一样每天奔袭在风雨里。哥哥高中毕业坚决放弃上大学的机会，回乡帮妈妈挑起了家庭的重担，当了一名菜农。每天四更时他得起床，把码放整齐的蔬菜挑到十几公里远的长河煤矿去卖，以此补足我和姐姐的学杂费。贫苦的日子燃烧助推了哥哥的理想和志趣，几乎每天晚上他都要就着如豆的煤油灯看书、写诗、画画。目睹哥哥清瘦的剪影和妈妈忙碌的身姿，我常常黯然神伤。想着哥哥和妈妈的辛苦，自感未来邈远苍白的我也暗暗发誓：我要当作家，才能改变自己的命运，才能与梦中的理想之花相拥。

二

我常常趁哥哥不注意，从书架上偷出《收获》《十月》等文学杂志，上课看，下课写，做着作家梦。所以成绩除语文出类拔萃外，其他科目一塌糊涂，接连两次都与高中擦肩而过。哥哥不禁捶胸顿足。1987年秋天，他背着给我买的新被子，一手提着新买的水桶，一手牵着我走进了他的母校邮亭中学，这是我最后的一次就学机会了。我已经从他忧郁的眼神读懂他对我的期盼和责备。

其实，姐姐已经考进了重庆的一所名牌大学，成了村里第一个走出的大学生。二哥的诗文也频频亮相报刊，他成了大足县的劳动模范和乡村致富带头人。哥哥出众的才华和相貌，以及勤劳善良的品格，受到姑娘们的爱慕。我不再痴迷

文学，开始认真读书，这是我走出乡村走向未来人生的必须经受的磨砺和困苦。我不再偷他的书刊不分昼夜地看，同时把文学的萌芽深深埋在心底。人生就像一条河，我是不是已经跃过了初始高峡出谷的迷茫和困惑了呢？

"大运河开掘于春秋时期，完成于隋朝，繁荣于唐宋，取直于元代，疏通于明清……"我至今依然清楚记得历史老师说完这句话，突然点名："邹安音，你说说京杭大运河的起点和终点。"她姓杨，戴一副厚眼镜，身材矮小，脸庞削瘦，虽然身体不好，但是教学却一点都不含糊。那时我已经是邮亭中学高1991级文科班的骄傲和学校的希望。这个学校已经连续几年没有考上一个大学生了。杨老师也是哥哥的历史老师。

我怎么会不知道大运河的起点和终点？它难道不像我的父母和哥哥吗，又或者我的祖上？（族谱分明载着邹氏后裔乃从运河岸边华北之地迁徙入川）散发着勤劳质朴的清香，灵透着智慧坚强的品格，积淀着丰富的情感故事，默默地抒写着历史，耕耘着春秋，把一代代人鲜红的血和水，凝聚成一条人生的河。它不似长江和黄河，从雪山奔腾而出，纵横东西，气壮山河。如果它们撼动成华夏的骨骼，那么贯通南北的大运河则是萦绕中华大地的魂魄了？那粼粼波光的深处，涌动的何尝不是华夏民族无比的智慧和力量？它就这样从远古走到现在，从北方走到南方，攫取了我的心魂！想象着不再遥远的北京、美丽的杭州，我仿佛看到哥哥在青春枝头高扬的笑脸。

三

哥哥，近在咫尺，我们却不能见面；我悲切地呼喊，你却再也不能听见……我坚决不承认哥哥已经车祸离开的事实。摩挲他留下的手稿、画页和字张，山川、大地、河流……我悲不能自已。他多么渴望去一次祖国的首都，多么渴望去一次我们的老家，多么渴望看一看运河两岸的风景……他是把它们装进了心中，到彼岸的天堂去描摹它们的美了吗？他的目光就那样满含着希望和忧悒地一直注视着我，鞭挞着我，直到我考上大学。大学毕业后，我当了教师；因为文字，我当了记者。我心中涌上的情愫都化作了文字，每一个字符，我都蕴藏着哥哥的魂莹。我到的每一个地方，都依循着那深藏心底的画页和字张。

梦中向北，有条澎湃的大河，在我的血液中一直奔流，星夜兼程，生生不息。

2012 年 4 月底，我自南方去。怀揣南橘、稻禾的青绿，和着家乡小河婉转的音符，应着长江澎湃的涛声，在季春枣泥和麦黄的清香中，行走在黄河的两岸。

车过洛阳。只一瞥惊鸿间，一湾练绸般的大河淌过心田，也丰盈了我的眼眸。这就是古运河吗？不见了迢迢征程的疲乏，消却了漫漫风沙的侵蚀，清澈、碧绿，如翠似玉。它更像一位风姿绰约的少女，怀抱琵琶，轻舞纱袖，浅吟低唱着，一颦一笑间，演绎着古都洛阳的温婉与多情。车过洛河，两岸花团锦簇，人来熙往，高楼林立。古运河的身姿以现代繁华的身形出现在我的面前，勾起我无限的遐想。这就是京杭大运河中的中心点（古代通济渠）么？它诞生于隋炀帝大业元年（605 年），经过数年时间，宛如一条华夏的纽带，以洛阳为中心，沟通南北，也让古都洛阳成为繁华的胜地和中华的骄傲。那静默着的古粮仓在诉说，那寂寥着的古码头也是最好的见证。

在运河的中心点，我想起了我的童年、少年，我想起了我的父亲、哥哥……我的人生像运河，有过挣扎和痛苦，有过故事和传奇。它凝聚着亲人的血泪和希望，也昭示着昨天的繁华和今天的辉煌。

就像洛阳的牡丹，试问华夏儿女，谁人不识君？那粗壮的根，那坚挺的叶，那灼灼耀目的花……它盛开在乡野，也盛开在阆苑；它怒放在粗纱上，也怒放在锦衣中；它映照着古瓷的光芒，也映照着今陶的色彩……它粗犷豪放在浣衣女的歌声里，它婉转鸣唱在音乐家的曲谱中；它把春天涂抹得姹紫嫣红，它把百花园喷吐得满园芬芳。它是因了世界这独有的运河溪水，才代代相承，孕育出一地的

人文内涵，催生出一城的风情，盛开出一生的华贵，描绘着整个华夏的骄傲和自豪的吗？

四

我走过山川，走过原野，走进梦想。

2014年6月22日，联合国教科文组织在卡塔尔多哈召开的第38届世界遗产大会上，当风流了两千多年的大运河被列入《世界遗产名录》（"大运河"文化遗产申请项目由隋唐宋时期以洛阳为中心的隋唐大运河，元明清时期以北京、杭州为起始的京杭大运河，从宁波入海与海上丝绸之路相连的浙东运河三条河流组成，涉及沿线8个省市27座城市的27段河道和58个遗产点，河道总长1011公里）时，"她"的美名终于传遍了全世界。是那二十四桥明月夜，烟花三月下扬州的诗情画意撩动了我少年时的文学情怀吗？还是那"万艘龙舸绿丝间，载到扬州尽不还……"无尽的意境深远了我的念想和梦幻？我从天府之国出发，迎着蜀地之北的朝阳，以虔诚的朝圣者之态，一路跋山涉水，追随着梦中那条澎湃的大河，星夜兼程。

我走进烟花三月的扬州。一座与古运河共生共长并同龄的东方水城，灵动着江南水乡温婉的气质和品格。它就是一位妙龄的少女，挽着高高的发髻，撑着一柄油油的红纸伞，陪着我袅娜地走出西部，走过江南，走进水乡，亲吻"江南水弄堂，运河绝版地"的无锡。有舟驶过，水弄堂发出欸乃的桨橹声，就像一首清丽的宋词，曲音儿早已悄悄韵透到南长桥至伯渎港1560多米的每一间小屋和每一扇窗棂。千年的沧桑变迁，仍旧不能改变弄堂民居粉墙黛瓦的颜色，仍旧不能改变运河人家的气质和芳华。看那小巷弄堂穿插其间，尽显江南水乡清雅秀丽的风情，莫道天下谁人不消魂？醉在这里的运河古道、伯渎古港、清名古桥、南禅古寺、明清古窑等历史文化胜迹里。

我走进小桥流水人家的美杭州。一条河流柔柔地绕过西湖，西子湖畔的秀丽就像江南的丝绸一般，凝练成绸带维系了每一个来到这里的人儿。不必说花港观鱼的惬意，雷峰塔夕照的美幻，断桥相会的遐思，柳岸堤畔的远眺，荡舟碧波的清凉……更有那青青的西西湿地，我一凝眸，就把心落在那青翠欲滴的每一棵树和每一片叶子里了。大运河流到这里，怎么能不深情侧目，把所有的美和故事揽进心怀，流成一个美丽的芳洲——杭州。河上帆船点点，河岸人儿熙熙攘攘，世代的人们创造了灿烂的运河文化，也不断地传承着它，星火相连。运河在这里格外地充满生机与活力。"小桥""静谧，流水"无声，"人家"怀古。杨柳枝依旧，大运河却悄悄地改变着杭州人今天的生活。越来越多到杭州旅游的人也为当地人所感染，流连于此，感受古老运河的魅力。

我走进"诗意滕州、梦里水乡"的微山湖畔。这里闪耀着一颗璀璨的明珠，放光鲁南，它就是南阳古镇。古运河景观的绿、亮、清……在"运河第一古镇"尽显。而层层叠翠的荷，在微山湖里无边无际地铺陈开去，与那清冽的水和浅翔的鸟儿，以及飘浮的白云和淡淡的山影交相融合，浑然一体，构成一幅立体生动而和谐的画面，晶莹了我的眼眸：拥有如此诗情画意的天地，怎不哺育出丰富的文化和艺术？难怪乾隆的足迹于此停驻过，无数的骚人墨客也曾拜谒过，铁道游击队的队员们怎么能容忍敌人的铁蹄踩破它的美丽和安宁？梦中的水乡储蓄着齐鲁之地的灿烂文明和悠久历史，似一朵清莲在我眼前如此完美绽放。

我走过故宫长长的甬道，走过紫禁城重重的大门，走过颐和园的水，走过北京城的华，走过历史的尘埃，走进现代的古运河之北端——北京通州运河森林公园。傍晚，一抹暮色褪去了公园一天的喧闹，河水如镜，静谧安详。夕阳下的运河别样妩媚。"潞河桃柳""月岛闻莺""银枫秋实"等景观一片诗情画意。但就在这平静的美里，我的目光穿越了京杭大运河的北端城市和漕运终点，我感受到它内心潮涌的激流和情感，它勃发的热情和愿望。它的每一个桥和每一个码头，都像血脉渗进了祖国的心脏。它与北京古都的形成、发展那么有机地融合为一体。这难道不正是千年运河给世人呈现的盛景吗？好一幅盛世的"现代版清明上河

图"在眼目灼灼闪放；这难道不正是世界遗产委员会认为的——大运河是世界上最长、最古老的人工水道，也是工业革命前规模最大、范围最广的土木工程项目，它促进了中国南北物资的交流和领土的统一管辖，反映出中国人民高超的智慧、决心和勇气，以及东方文明在水利技术和管理能力方面的杰出成就。我怎能不倾尽我的思想和才华，拥抱它，写意它，讴歌它？!

回程。车再过洛阳，初见古时京杭大运河洛阳段，后见今朝南水北调工程中原带。这水带宛如丝丝心雨，给干渴的中原大地一片希望，一片盛景。眼前闪过一排排矮小的灌木丛，那是枣树，耐热，耐旱，不需要很多的养分，却能给予世间人们最舒心的甘甜和最温暖的滋养。我的思维在跳跃：它们就是那生长在黄河两岸孕育了中华灿烂文明的中原人吗？它们是不是像我的哥哥、父辈和祖辈，无意春争辉。我不再忧悒和伤悲，并诗情饱满地欣赏着眼里心里的一切。我从长江走来，行走在黄河的腹地，运河的涛声已渐行渐远。我细细体味着这片土地的多情和神秘，我贪婪地吮吸着它散发的芬芳和馨香。我原本是来写就江北大河洒落梦中一地明珠的散文篇章的，而我如墨过后，已经变成一名情不能自已的诗人了吗？

啊，挥别黄河，再见中原。回到故里，我知道，我的血液中终究是江南江北已经梦圆在一起了。

恋在黄河口

遥远的东方有一条龙，它的名字叫黄河。

梦中向北，有条澎湃的大河，在我的血液中一直奔流，星夜兼程，生生不息；梦里向东，有条腾飞的巨龙，气势宏伟，形体威武，鹏程万里。在天与海相衔之处，在地与海亲吻的地方，在江河扑进母亲怀抱的那一刻，在一个叫东营——黄河口三角洲的芳汀中，我的梦想就此延伸、拓展……

去北方，去西部！依依梦魂，瑰丽神奇。袭一身江南春雨的草青色，缠一缕南方丝竹的悠扬音，踏破梦里的声声驼铃，越过漫漫的风沙征程，我看见无垠的青藏高原上泉流汩汩，鲜花初放，碧霁蓝天；我变成藏地高山湖泊清澈明净的一尾鱼儿，游弋在广袤的大地之上，憧憬着海的梦想……我在离云最近的人间天堂，舞出一个河神般的精灵，还给这块土地一个美的微笑，一个圣洁的拥抱，一个梦幻般绮丽的色彩和未来！

一梦四十年。我像极了一只织茧的蛹，把课本上，故事中，作文里的黄河片段拾掇，把江南所有的柔和美融化到对她的情怀中！我是她洒落江南的一滴水吗？就那样倾听着母亲河的心跳声，踏歌而来。从西宁往青海湖，沿着青藏公路探秘，"倒淌河"的路牌名字神灵般牵引着我。远处的雪山若隐若现，于高原五彩经幡颂歌后，圣洁得像一朵朵洁白的莲花。一团团可爱的小绒线球滚过来，原来是哞哞叫的小羊儿啊。车窗外，片片白云飘浮着，在蓝空下优雅地忽而聚合又散落，骄傲地俯瞰着草原，亲吻着日月山；盈盈水光反射着蓝天，在草丛中碎银般闪烁，铺陈开去，竟然涓涓而成了母亲河——黄河的源头！

那一刻，我张开双臂，跑过羊群，飞扑泉流。如同触摸母亲的额头，包括她的发丝，肌肤，还有心灵！以及梦想？雪山无言，大地无语，河流汩汩，我在颤抖：一条河的生命在此诞生，一条龙的脉搏就此律动，博鳌了山川五岳，撼动了东海的心魄！

但龙的心事像高山，蛰伏在喜马拉雅，只静静地念想着山里山外的世界。山外的世界又何如？在荒无人烟的高原，在寂寥孤独的荒漠里，在偶尔闪现的一棵或者一丛沙枣树过处，从青海到甘肃，再到宁夏腾格里沙漠，沿着母亲河——黄河向下，我追寻着绿的色彩，我呼唤着雨露的名字，我想要森木的枝叶抚过我焦渴的嘴唇。

久渴的荒漠终于等来了一场绿色的春雨，点点滴滴敲打着我的心窗，也温润了游弋而来的巨龙。当九曲黄河蜿蜒而至宁夏沙坡头时，江南的风情就一路摇曳而来。这里有稻禾的清香，也有枣泥的甘甜；有白杨林的婆娑，也有江南竹的丝韵；有芦苇荡的清灵，也有玉米林的蓊郁。风吹来枸杞树的芬芳，马兰花迎送着南来北往的游人……南北方风物和文化也在这里交融，龙仰首，不禁遥望着贺兰山沉思：经历了炼狱般的焦渴之痛，她之前方是一个个星罗棋布的湖泊——那也是精神和血脉的故乡和家园呐，她由此越发沉静和内敛了！

我伫立于塞上江南的碧波之上，看着大河从青藏高原汩汩而出，一路欢歌而下，给予两岸物华和丰宝，内心膜拜着她的精神和气质，诚如我从小长大的江南记忆，也如我惊艳花开洛阳的妙丽和神韵。

车过洛阳。只一瞥惊鸿间，一湾练绸般的大河淌过心田，也丰盈了我的眼眸。这是黄河？它是黄河！不见了迢迢征程的疲乏，消却了漫漫风沙的侵蚀，清澈、碧绿，如翠似玉。它更像一位风姿绰约的少女，怀抱琵琶，轻舞纱袖，浅吟低唱着，一颦一笑间，演绎着古都洛阳的温婉与多情，像极了我们的国花——那粗壮的根，那坚挺的叶，那灼灼耀目的花……它盛开在乡野，也盛开在阆苑；

它怒放在粗纱上，也怒放在锦衣中；它映照着古瓷的光芒，也映照着今陶的色彩……

我自南方来，怀揣稻禾和南橘的清香，徜徉在黄河的两岸，沐浴着丝丝春雨，凝望一片盛景的中原，风吹麦浪一阵又一阵，枣林也蓊蓊郁郁写意着丰收的喜悦。我满怀诗情地欣赏着眼里心里的一切，我仿佛听见了龙的歌唱声。对，在那盎然生机的河心深处，是天与地，人与自然的和谐交融；是河与海的对话，是一场梦想与现实的契合。

我倾听着她的声音，陪伴着她的脚步，濡染着她的气息，和她一起储蓄了全部的能量和梦想，就那样追梦着海的深蓝，朝着太阳升起的地方，朝着鹤舞的林丛，飞奔而来。看吧，一条村庄之上的大河，一条腾飞在中华大地上的巨龙，就在视野不远处，时刻准备着最后的冲刺了！

诗意氤氲的东营市黄河口，一片石油之花闪烁的海上热土，一个丹顶鹤飞来又舞去的芳洲，一片红色沙滩地烧灼了我的梦魂。它犹如一朵盛开在我心上的牡丹，日里夜里绽放，灿烂着我的心境。花儿开放的声音和鸟儿飞过的身影，丰满着我的思想，相连着我的思念，牵引着我的步伐。我来自天府之国，应和着藏地阿妈转动的经筒音，高擎塞上江南璀璨的明珠，手捧中原胜地鲜艳的花蕊，迎着齐鲁之地的朝阳，以虔诚的朝圣者之态，一路跋山涉水，黄河口，我来啦！

我看见巨龙迷离的眼神明亮了起来，蛰伏的身段欢畅地扭动着，片片鳞甲镶嵌进一座五彩的芳洲，等待着与海的相拥和亲吻。秋天的黄河三角洲，扑入眼帘的是画家手中的调色板，色彩分明。红色的是沙洲地毯，等待着一场喜讯的从天而降；白色的是芦花在飞扬，传递着世纪姻缘的祝福；绿色的是汀州草甸，裸露着心灵的家园。油画般瑰丽的色彩，尽情舒展着黄河三角洲的丰腴和美丽。秋天的黄河三角洲湿地是母亲河的女儿，更像是一个熟睡中被梦惊醒的美人，她全身都焕发出无限的生机和活力，魅惑着鸟儿们的青睐和人们的到来。这个世界级的天然"实验室"就那样敞开在大海的面前，也拉起了一道黄河三角洲及环渤海地区生态平衡的天然屏障。

那一片油油的绿地，汪满了我江南的深情，像家乡的春雨，"沙沙沙"，是少女在抚琴吗？是春蚕在咀嚼桑叶吗？如此的天籁之音，一夜之间染绿了汀州，吹开了花蕊，拔升了芦苇节，震颤了大海的脉搏。水涨起来了，鸟儿们忙活起来了。微风过处，片片芦苇丛的长叶婆娑起舞，欣喜地恭迎着远方客人们的到来。

许是心之灵性使然，鹤们突然兴奋起来，从那边浅翔而来，翩然飘飞，极尽妩媚和风情，羽翼抖落无限的遐思和情韵；深蓝的海水拥吻着渔船，荡起一圈圈激动的涟漪，惊起一两只懵懂的小鸟儿，瞟一眼正聚焦瞄准它们的人们，便立时惊慌地躲进芦苇丛；无边的芦苇叶层层叠翠，一重一重蔓延开去，飘逸出莫名的清香和兴奋，逼得烦恼烟消云散；彩云见状低垂于透明的半空，如丝如缕，羞赧凝眸，与远海深情相望；海的心魄不禁一颤，清晰地把雄壮的轮廓投影过来。这迢迢奔袭而来的大河，这飞舞在华夏大地之上的空中巨龙，抓住时机，瞬间与海连为一体。

刹那间，这河、这大海，交相融合，浑然一体，构成一幅立体生动而和谐的黄蓝画面，晶莹了我的眼眸：这黄河入海的地方，拥有如此诗情画意的天地，怎不哺育出丰富的文化和艺术？衍生出丰富的物质和财富？梦中的三角洲储蓄着齐鲁之地的灿烂文明和悠久历史，似一朵花儿在我眼前如此完美绽放，我怎能不倾尽我的思想和才华，拥抱它，描写它，讴歌它?!

中华民族的母亲河——黄河，从远古到现在，从历史到今天，她不畏艰辛一路跋涉而来，承载着太多的梦想和追求，饱含着太多的苦痛和泪水，终于让理想之花在这里盛开，让丰润的思想在这里生根发芽。在与海的不断交融和欢歌中，她像一个神话中的精灵，殚精竭虑，倾尽才华和心血，练就了神奇的填海造陆功能，不断扩大着黄河口三角洲的版图，一度以平均每年2公里多的速度向海中延伸，回报着祖国母亲的哺育。

在山东东营的黄河口，共和国最年轻的湿地由此而生。由此而衍，发轫于此的"沧海变桑田"，让愈来愈多的鸟儿们找到心灵的栖息地。据相关资料介绍，截至目前，保护区观测到鸟类368种，其中有丹顶鹤、东方白鹳等12种国家一级重点保护鸟类，国家林业局还授予东营市"东方白鹳之乡"的称号；有大天鹅、灰鹤等二级重点保护鸟类51种。与此同时，越来越多珍稀鸟类开始眷恋黄河口湿地，素有"湿地精灵"之称的黑嘴鸥也开始在此筑巢繁殖。每年秋天，黄河三角洲自然保护区就迎来了各类候鸟迁徙的"黄金季"，一些珍稀鸟类也逐渐由"候鸟"变为"留鸟"。

黄河三角洲自然保护区建立以来，在保护新生湿地生态系统和珍稀濒危鸟类等方面发挥了重要作用。1993年，被中国人与生物圈国家委员会批准其加入"中国人与生物圈自然保护区网络"；1996年，它被湿地国际亚太组织批准加入"东亚－澳大利西亚涉禽迁徙保护区网络"，成为首批19个国际成员单位之一；1997年，它又被批准加入"东北亚鹤类保护区网络"，成为首批16个国际成员单位之一；2013年，黄河三角洲自然保护区被国际湿地公约秘书处列入"国际重要湿地名录"。

湿地被誉为"地球之肾"，以其仅占6%的地球表面面积，为地球上20%的已知物种提供了生存环境和物质资源，与森林、海洋并称为全球三大生态系统，对维持生态平衡、保持生物多样性和珍稀物种资源等均具有十分重要的作用。我从长江走来，行走在黄河的腹地，触摸着它的伟岸和雄姿，感受着它的博爱和滋养；仁望黄河口，管中窥豹，我细细体味着这片土地的多情和神秘：我看见了倒淌河边歌唱的牧羊人，看见了黄河岸边植树播种的英雄们，看见了不屈不挠修筑天路的西部人，看见了黄河口高高井架上的石油工人……他们的心何尝又不是一条凝聚的血脉，像华夏大地上空腾飞的龙。

我知道，那时我的血液中终究是长江和黄河已经梦圆在一起了。

中原纪行

出了郑州机场大厅，热浪扑面而来，真不敢相信我才从"火炉"重庆飞来，而身上还着两件春装。白花花的太阳在明亮的窗玻璃上跳跃，我赶紧换了裙装，以适应中原四月下旬这 35 摄氏度的高温天气。

旅游巴士朝郑州市中心行驶，宽阔笔直的高速路外，平整的沃野中闪现过一丛丛矮小的灌木，导游小雷告诉我们那是枣树，枣子就是中原的特产，它尤其适合这里的气候。天气很干燥，也很闷热，看样子好久没下雨了。目之所及，不见令人心动的绿色，心情黯淡了许多，但心中有一丝强烈的渴望不断撞击着心怀：不是还有汹涌澎湃的黄河吗？以及那河水润泽出的博大精深的中原文化呢？

丹霞云台山

郑州小住。翌日赴焦作市云台山。云台山隶属太行山余脉。我心向往之，缘于 1700 年前三国魏时代"竹林七贤"隐居此地的美誉佳话。我钦敬东坡先生的"宁可食无肉，不可居无竹"的思想态度，所以对竹甚是喜爱直至痴迷。江南雨催生江南竹，我的思想和成长也被家乡南方雨后竹园的清香和气质浸润。想想以粗犷和豪放为美的北方视野中突然出现一丛丛摇曳生姿的江南竹，历史空灵的足音中居然又出现了七个那等狂放不羁的脱俗男儿逍遥竹林，只把推杯换盏中笑傲江湖，激扬文字，我又怎能压抑住心中的渴慕之情呢？

不但如此，云台山茱萸主峰还留有唐朝著名诗人王维的足迹，更有那"每逢佳节倍思亲""遍插茱萸少一人"的诗句芳菲人间千百年，深情地写意着这里的一草一木，所以即使炙热的阳光和旅途的劳顿让我身体备受煎熬，但是心情却是平和的清凉的。如果心之向往地以一种圣洁的光芒在心灵终端闪耀发光，又哪怕万水和千山，酷暑和冰寒？

旅游车沿着蜿蜒的山路终于贴近云台山的肌肤，午后金色的阳光炙烤着山上低矮的灌木丛和裸露的岩石，遥望高高的茱萸峰和那不知就里的竹林深处，看着身边蜂拥而去的游人，我突然选择了放弃。瞬间也明白心底有些迷恋和痴爱是要当做诗歌的意境去舒展和拓宽的，就让那些诗人们凝眸千年的泪水丰盈我独到云台山的空间想象吧，那些关于亲情的、爱情的和更多的？他们隐居于此，本就是希望与山林一样沉寂而亘古的。

当太行山脉凝聚成龙的形式游弋在广阔的华北平原，当这条中华龙积淀多年终喷吐出一颗颗璀璨耀目的明珠，人们怎么能不追随着它的踪迹和身形，想要仔细聆听一下那远古蕴含的乐音，想要抚摸和亲吻那历史沉积的草木和岩石，以及人文和精神？

云台山就是镶嵌在北方大地上一颗熠熠生辉的宝石。

这颗宝石发出的光芒是金红色的，聚光成云台山腹地深处的"华夏第一峡"——红石峡，那灼灼的光华像一缕炽热的火苗，让我的心怀霎时燃烧起来。我这是与峡溶化在一起了吗？我听不见自己的足音和心跳，思维也在赤红的岩石和远古的奇异景象间凝滞，就连我的眼眸都在亿万年沧海桑田的变迁中迷离了方向。它就这样在我的眼中与梦想间跳跃，没有重庆金刀峡的幽深与婉约，不似华蓥山天意大峡谷的神秘与幻梦，不比武隆大峡谷的宏伟和苍茫，更与雅安碧峰峡谷、三峡、神女溪、九畹溪、黑山谷、贵州小七孔大七孔、云南和桂林的大小峡谷的秀丽和清雅。云之下，水之上，林之间，岩壁中，那一抹抹如火如荼的丹

霞，染红了清泉，久远了历史，灿烂了文明。

云台山的精气神由此毕现，更有气自华于峡谷之上的水库，你见过与恐龙同时代的水母吗？如若不，那么请到这里来吧。库中的水是如此清澈，水草就在脚下沟渠絮絮地飘摇，摇曳出生动的无限南方风情来，让我怜爱和遐想。其实，南北方本就一脉相通的！

禅宗少林寺

"日出嵩山坳，晨钟惊飞鸟……"每当这清雅的歌声从我的心潮漫过，它便如针尖挑刺了我的每一根神经，我就血流如注，痛彻心扉。李连杰的身影和英年早逝的哥哥是那么神似，三十几年了，每当提及电影《少林寺》，我常常情不能自已，泪水滂沱。三十一年前，我和姐姐都还在家乡所在地镇属中学读书，那时候电影《少林寺》已经风靡全国，但是昂贵的电影票让很多人望而却步。因为父亲早逝，哥哥高中毕业后坚决放弃大学就读的机会，回家接过了母亲抚养一家人的重担。我和姐姐没想到的是，一个周五的早上，哥哥递给我俩两张电影票，那正是李连杰主演的《少林寺》。记得那天下午我上了劳动课，然后我就挑着担子和姐姐一起步行了七公里到区上电影院看电影《少林寺》。

那时那景还依然，可是有着李连杰般英俊面庞和硬朗身体的哥哥却因车祸离开人世。哥哥是那么的想到少林寺，每次想起那年少脑海中电影中的一草一木，一步一景，我就会想起哥哥的音容笑貌，宛然依旧。2014年的春末，我是带着哥哥的英魂吗？我不只是去拜谒它的神秘和雄壮，更牵挂着我心底一种深情的回忆和祭奠。

依循着电影中的镜头，找寻着心底的记忆，翻过山坳，走过小溪，走进山林。少林寺，我来了！哥哥，你又在哪儿？淡淡的香烟袅袅飘绕在古朴苍劲的松柏中，我双手合十，虔诚地朝拜着心灵的圣地。哥，就借我眼中的一草一木一景一物，带给你未竟的宏愿吧。

　　眼眸中的山门不似想象中那样高大雄伟，但是历朝历代名人的题词和诗文却丰富了它的内涵和神韵，尤其是唐朝皇帝李世民的手书遗迹让它的风采至今宛然。还远不止这些，五乳峰下的"天下第一名刹"少林寺——汉传佛教的禅宗祖庭，千百年来又集萃了大江南北多少英雄男儿来此倾洒一生的豪气和热血？谁人不知天下功夫出少林，少林功夫甲天下？但是又有多少人知道武僧们为此付出的辛劳和血水呢？寺中天王殿外堂的甬道上，一棵虬枝盘曲的苍柏树可以作证：在它那粗糙坚硬的树干上，一个个深深的树窝足以撼动你的心魄，那是武僧练习五指功留下的印迹！登攀到山寺的最高处千佛殿，你也一定会为殿堂中一个个深深的足窝驻足凝眸，那里也可窥视出武僧们当年的风采。树窝和足窝晶莹了我的泪水，血雨腥风中，武僧们飞来飘去的背影就在我的脑海中萦绕幻变，历史的更替和沧海的嬗变也在我的心底翻涌。又逢盛世，国泰民安。山寺一切复归沉寂。树在生，花在开……哥哥，你一定会为我今天的到来和今天的生活而含笑九泉的。

　　出寺院向西，走进静穆的塔林，这里是历朝历代少林高僧们英魂栖息的地方。我虔诚地鞠躬，深深叩拜在一名抗日战争中英勇牺牲的武僧塔前。"少林少林，有多少英雄豪杰都来把你敬仰；少林少林，有多少神奇故事到处把你传扬。……精湛的武艺，举世无双；……悠久的历史，源远流长。……千年的古寺，武术的故乡，天下驰名万古流芳。……"我心中反复吟唱着这首歌，我深信它的音律已经飞过嵩山，飞过中原，飞遍了世界的每一个角落。江山代传，英武辈出。你只有到今天的少林武术馆，方能亲身领略这座名山名寺的真正魅力。只见那一个个英姿飒爽的少年，身似飞燕，又如蛟龙，快如闪电，稳如泰山，何其威武雄壮，何等的风采凛然。听着他们琅琅的读书声，我不禁惊叹今天的少林寺在文化意义上早已超脱佛寺建筑艺术本身，它已经以少林功夫的武学国粹为代表，涵盖了禅、意、艺、医的少林文化，成为华夏文明的杰出代表和瑰宝。

　　傍晚，沐浴月色之清辉，在嵩山山坳，静心端坐，参悟曾被国际奥委会主席罗格赞誉可以获得奥运会冠军的少林禅宗音乐大典。天界月华如水，四围山影淡

淡。山之坳，地之中，以天地为幕。在绚丽的灯光中，是打坐的僧人，敲钟的沙弥，习武的高僧，浣纱的少女，牧羊的孩童……在四季的轮回中，在人生的参禅过程中，人性、佛性是那么完美地融合在一起，构成了天地中的大美。少林禅宗音乐大典，就像一幅绚丽而精深的画，静静地垂挂在嵩山深处，隐美于斯，令人拜谒。

是夜，入住少林寺下的禅武大酒店，这也是国际武打明星们常下榻的酒店，其中包括功夫巨星成龙等。浓浓的武术文化氛围感染了我，使得我不禁对这片土地的神奇多了一份感动，一丝留恋，不忍归去。

清明登封府

傍晚时分，双足刚踏进整洁明净的登封城，顿感旅途的舟车劳顿烟消云散，心灵仿佛早已栖息在那城中河边丝丝墨绿的柳梢头，惬意，舒适。

登封是一个让我侧目的城市。它无所不在地透出当年登峰造极的古文化和辉煌的人文风情，从那一座座或者保留或者仿古的楼阁与牌楼就可窥一斑。就连市中心卖小吃的流动摊位，也打造成一座座非常精致漂亮的小阁楼，弥漫出诱人的香味和浓浓的文化氛围。看它们在街道游走，自成一道亮丽的风景。

因错过了清明上河园的游览时间，我只得沿着它的边围走，想要走进它久远的历史深处。清明园在我的念想中是繁华而昌盛的，因着清明上河图的描绘，我无数次在张择端的思想中和笔端下睁大双眼，寻找历史的踪迹和风物。但满街的吃喝声，欢笑声，挑担的肩膀和打铁的背影到底是模糊了，渐行渐远渐离去。现实生活中，登封城款款地散漫着现代生活的舒适和安逸，更多的是注入了现代生活的时尚和华彩，在历史的印迹和声音中蜕变成一只美丽的彩蝶。

登封的包公理所当然成了这个城市的又一张名片。森严的包公府立放着三把铮亮的大铡刀，我坚信每个人走过它们的身边，寒气顿生的同时对这位黑脸包公的敬意也会油然而生，同时也会联想出些什么。明镜高悬的登封府第，难怪映照出当年名噪一时的繁荣昌盛的国际大都市。

明净可以正衣冠，也可以照出人们灵魂的洁净。"清明"应该是纤尘不染的，在中原大地上，有这样一个人——焦裕禄，他在诠释着这个词语的内涵。这个名字还在我年少时就已经被深深烙印进脑海，因为我的父亲邹平良——重庆市大足区邮亭镇基层一名最普通的党员干部，40年前，在他被提为社主任那年，在他不远千里远赴河南亲身学习焦裕禄同志精神后，他就处处以焦裕禄同志为榜样，为了解除缠绕在村民身上的贫穷和困苦，风里来雨里去，不幸积劳成疾。因为一个很小的病耽误医治，他竟然无情地抛弃了我们姊妹四个和孤独的母亲，赴黄泉而去，那年我才三岁。

如今我踏着父亲当年的足迹，真正走进了兰考的土地，走进了焦裕禄同志当年工作和生活的地方。在纪念馆里，看着他音容宛在的遗照，看着他曾经坐过的那把破旧的有个洞的藤椅，看着他为这里乡亲父老所做的一切，我突然想起我的父亲，我努力找寻记忆中几乎没有留下模样的父亲，我不禁恸哭失声。

兰考的盐碱地上，泡桐树已经长大成林。兰考的沃土中，春末夏初的金色麦浪一阵翻过一阵，和家乡八月天的稻浪可媲美。那也是我心潮掀起的海浪：父亲，您若泉下有知，您就瞑目吧！

花开在洛阳

梦中向北，有条澎湃的大河，在我的血液中一直奔流，星夜兼程，生生不息。

我自南方来，怀揣南橘、稻禾的青绿，和着长江之歌雄伟的音符，在季春枣泥和麦黄的清香中，行走在黄河的两岸。

因在郑州错过了仰望黄河惊涛拍岸的飒爽英姿，一路蜿蜒而来，行走在中原，我却无时无刻不在搜寻着它的身姿和倩影。

车过洛阳。

只一瞥惊鸿间，一湾练绸般的大河淌过心田，也丰盈了我的眼眸。这是黄河？它是黄河！不见了迢迢征程的疲乏，消却了漫漫风沙的侵蚀，清澈、碧绿，如翠似玉。它更像一位风姿绰约的少女，怀抱琵琶，轻舞纱袖，浅吟低唱着，一颦一笑间，演绎着古都洛阳的温婉与多情。

最是牡丹多情季。试问华夏儿女，谁人不识君？那粗壮的根，那坚挺的叶，那灼灼耀目的花……它盛开在乡野，也盛开在阆苑；它怒放在粗纱上，也怒放在锦衣中；它映照着古瓷的光芒，也映照着今陶的色彩……它粗犷豪放在浣衣女的歌声里，它婉转鸣唱在音乐家的曲谱中；它把春天涂抹得姹紫嫣红，它把百花园喷吐得满园芬芳。

欣欣然，走进中华牡丹园，只待相逢那动人一刻时，不料却花去、意终！闻名天下的洛阳牡丹已经过了它开花的季节。就在一悲间，忽然惊闻仍有牡丹花开在洛阳。巨大的喜悦伴随着我，我像盛装出嫁的新娘，怦怦心跳着走进了花房。古都的人们秉承了祖先的智慧和才华，于花谢的时节，用自己的方式向世人尽情展现着牡丹的尊荣和华贵。在一间偌大的空调房里，牡丹依旧保持着春天的景致和场景，让我欢呼雀跃，让我圆梦洛阳。

它留给世人岂止那多情的一面，洛阳也是诗兴而禅意的。比如白马寺。因一匹马，而得一个寺。皇家寺院白马寺的佛教文化结合了中原的地域文化，佛像的雕刻也讲究精美的工艺和技术。仅那一尊尊端坐的雕像，你就万万不会想到：初看高端大气厚重，实则竟是用薄薄的丝绸等物黏合而成，稍稍用力就可以轻轻的端起来。巧匠们把本该粗笨的活儿用灵巧的丝线牵引，这一重一轻中诗意和才华毕现，禅意无穷。我去时，白马寺的牡丹已然凋谢，但是满地落红依然彰显着这里的气质和华贵。

古都的人文风情和历史，应该是在龙门寺那里表现得比较深刻。它虽然比之我家乡重庆的大足石刻，无论规模、数量和色彩都少了许多，但因为它特殊的地理和历史背景，这个皇家石窟也显露出它雄峻的身姿和面容，吸引着大批的游客瞻仰和膜拜。本原色系的石窟们静静地傍依大河，栉风沐雨，见证和述说着古都的历史。

一直以来，洛阳宫廷流水席都代表着皇家的气场和奢华生活。金杯银盏闪，觥筹交错间，丽人华服翩翩飞，盈盈笑语满堂彩。没承想封建王朝的这一饮食习俗如今倒成了洛阳国家级非物质文化的三绝之一，平民们也可以享受这样的饕餮大餐了。当晚找了一个传统餐厅，吃着正宗的宫廷流水席，听着"太监"压低声腔宣读"圣旨"上菜的声音，和身着古装华服的餐厅服务员留一张影，体味着古代贵人的高品质生活，那种幽默诙谐的气氛真的就觉得比美味还可口，今天的人生难道不是很幸福和快乐的吗？

回程。车再过洛阳，初见古时京杭大运河洛阳段，后见今朝南水北调工程中原带。这水带宛如丝丝心雨，给春末的中原大地一片希望，一片盛景。眼前闪过一排排矮小的灌木丛，那是枣树，耐热，耐旱，不需要很多的养分，却能给予世间人们最舒心的甘甜和最温暖的滋养。我的思维在跳跃：它们就是那生长在黄河两岸孕育了中华灿烂文明的中原人吗？我不再沮丧，不再烦热，并诗情饱满地欣赏着眼里心里的一切。我从长江走来，行走在黄河的腹地。我细细体味着这片土地的多情和神秘，我贪婪地吮吸着它散发的芬芳和馨香。我原本是来写就中原大地洒落梦中一地明珠的散文篇章的，而我如墨过后，已经变成一名情不能自已的诗人了吗？

啊，挥别黄河，再见中原。回到故里，我知道，我的血液中终究是长江和黄河已经梦圆在一起了。

悠悠大运河，情牵六省市，挽系五江河，领世界开凿之先。它是一条名副其实的黄金水道，堪以长城相媲美，成为中华民族伟大精神的象征。它是中华民族在东方镌刻的一条巨线，成为华夏文明不朽的文化丰碑。

醉美三峡红叶之旅

那还是几年前的这个时节，应重庆万州太白国际旅行社、青龙潭瀑布和巫山县政府之邀，我与南充旅游业各界人士一起，踏上为期三天浪漫而温情的三峡红叶之旅。

第一站：观亚洲最大青龙瀑

午后3时许，车至万州青龙瀑布境域。一行人弃车步行，沿着山间小道，循着隐约传来的淙淙溪流声，在幽深茂密的山林中穿行。淅沥的冬雨点点敲打着径边的山竹，如少女在扶琴弹曲，绿了山冈，也沐浴了我们的心灵。和着潺潺作伴的溪流声，我们便在这美妙的音乐中，一路兴奋地追逐着青龙瀑布腾飞的身影。

约半个小时后，拨开一丛碧绿的翠竹，目光触及蜿蜒的青龙河，肤如凝脂，沐浴着绵绵细雨，横卧在一座如月亮般婉约多情的石拱桥下，心情顿时明朗开阔。巨龙咆哮的声音此时已经传入耳畔，但见它以惊天地、泣鬼神的磅礴气势，在悬崖上傲慢地舒展着自己绝美的身姿，之后一跃腾空而下，震撼了所有的来客。那飞溅而出的片片水花，瞬时又化成一块块温润的美玉，坠入深潭，蕴含着纯洁的光，晶莹了那天、那地、那水！这玉的光芒也耀亮了来客的眼眸，嗅着它的芬芳，亲吻着它的肌肤，我们一头钻进瀑布后面巨大的水帘洞，把欢笑声藏在幕后，让整个山谷跟着欢乐起来。

难道，这就是传说中仙界与人间绝妙融合的美妙地方？！

第二站：登巫山最美神女峰

翌日9时，游轮抵巫山，泊码头下，拜神女。

弃舟登岸，仰望林立的山峰，如天然的屏障护佑着江河；俯瞰足下，碧波浩淼，高峡出平湖，滚滚长江东逝水。满山红叶似彩霞，彩霞年年映三峡，久远的歌声又在耳边回响，身边的红叶霎时灿烂了我们的心境，也烧灼着我们周身沸腾的血：快攀登上山，去牵一牵神女纤美的衣袖！从山麓，攀石梯，一步一换景。红砖铺就的山路，呈现出一个大大的"人"字形，隐藏在红叶丛中。"人"之中间便是休憩的小亭，上可至神女脚下，往下便是回船的路。过了"人"之中，脚下仿佛捆绑着千斤巨石，每前进一步都是那么的艰难、困苦。石梯越来越陡峭，山峰越来越险峻，神女呀，怎么你却越来越神秘？你可以腾云而上，为何却不挥舞衣袖，与我们做梯？

快了，快了……在同行者相互间的鼓励下，当我们终于气喘吁吁登到这座世间最美的山峰脚下时，多情的神女用最深情的回眸，风干了我们所有的汗水和泪雨。深深叩拜你，这世上最多情最美丽最善良的女子！你顶风沐雨，在这流淌着中华血脉的浩荡长江边，千年复一日地、把中华民族生生不息的坚强精神，向世人永久展示！

第三站：探世间绝景神女溪

下午2时，乘坐火红的船舫，探秘幽深秀丽的世间绝景神女溪。传说它是远古瑶池宫里西天王母的第23个女儿瑶姬与姐妹嬉水沐浴的地方。

初始，放眼观，右面山尖红叶如云朵；至山腰，红叶飘绕如丝带；再到山脚，红叶如仙女裙纱。火红的船舫在游走，淳朴漂亮的导游妹妹率先唱响了深情的土家族民歌，赢得满堂喝彩。红红的三峡，在冬日以最温暖的情意，是那样诚挚地欢迎着远方的朋友。

这条宁静幽深的小溪，是那样浸透着与生俱来的神灵和仙气。当大江截流，回水倒灌其间，原先那纤弱的细水也变成了"玉带"，动感不再，却更添了幽深和神秘。抬头仰望，西崖上的神女庙遗迹尚存。庙后突显一道高峰平台，传说是神女授书之地。东面绝壁笔立万丈，陡峭如剑辟。美妙绝伦的巫山烟云，总是缠绕着山峰。船行其间，恍若沉落万丈地缝，仰视那云峰绘就的美妙天画，顿悟"曾经沧海难为水，除却巫山不是云"的千古名句了！

第四站：赏千古诗意白帝城

从巫山逆水而上，游轮回转到江中孤岛白帝城。

走过风雨廊桥，走过石梯，凭依夔门，倾听滚滚的长江水，滔滔不绝地述说着白帝城的历史。三国时刘备兵败夷陵，在白帝城托孤于诸葛亮的感人场景，至今还在托孤堂再现。刘备的悔恨与诚恳、诸葛亮的悲伤与诚惶诚恐，让我们唏嘘不已。

"朝辞白帝彩云间，千里江陵一日还……"每当咏怀这首诗，我就惦念诗意的白帝城，它已经根植进我的灵魂。再次游三峡，魂牵梦萦的还是这里。李白、杜甫、白居易、刘禹锡、苏轼、黄庭坚、范成大、陆游等都翩然而来，挥毫泼墨间，早有名句诗化白帝城，让这里熠熠生辉。是那"无边落木萧萧下，不尽长江滚滚来"的豪迈，是刘禹锡那"白帝城头春草生，白盐山下蜀江清；南人上来歌一曲，北人陌上动乡情。"的温婉，是《三王碑》中"鸟中之王"的凤凰、"花中之王"的牡丹、"树中之王"的梧桐，是《竹叶碑》中的五言绝句："不谢东篱意，丹青独自名。莫嫌孤叶淡，终久不凋零"。让这里的每一棵树，每一片叶，都充满灵气和诗意，都显得光滑和鲜嫩，仿佛每一片叶子都是一首诗，每一块石头都在叙述一段历史。

第五站：魂在三峡秭归九畹溪

走进长江，就仿佛触摸到了中国大地激越跳动的脉搏；走进三峡，就真切地感受到一颗炽热的心早融化在了那奔腾的江水里——这是祖国殷红的血液呵；走进九畹溪，穿越时空的隧道，我听到了一声仰天的长啸，看到一个虬须鹤颜的老者踽踽而行于沙岸——路漫漫其修远兮，吾将上下而求索！屈原的声音，一个赤子的呐喊，就这样永远回荡在了我心中，连同九畹溪那旖旎的山水、那竞渡的龙舟、那俏皮的猿声、那神秘的悬棺……撼动着我的心魄！

九畹溪像一幅秀丽的天然画卷，衔接着浩荡的大江，在远山深处静静地发出异彩。她就是一个妙龄的少女，是那样的内敛和含蓄，只把两岸黛绿的山和清澈的水，牵扯你的魂魄。

江面上，五条龙舟齐头并发；船头，艄公赤膊上阵，一声令下，山里妹妹扯开嗓子吊起招魂曲，顿时鼓点声声，众人高声应和，看桨片飞舞，江面好不热闹。

船渐至佳境，如入天上瑶池。当年，屈原曾在这里植兰养性，兰草那幽幽的馨香，至今还浸润着我们的肺腑。正闭目养神，突然看见茂密的林中，几只嬉戏的猴，在万丈的悬崖上，表演着人间罕见的绝技，博得阵阵热烈的掌声。

　　九畹溪深处，罕见的人间奇境"问天"地缝晶亮了游客的眼眸，在地缝的尽头仰望天空，遮天蔽日的山峰形成一个巨大的"？"，让游客仿佛在见证屈原的问天简；问天地缝内溪水潺潺，一路欢歌而来，迎接着远方的客人。

　　随后观看的大型水上舞台剧《礼魂》，屈原就那样真实地出现在我们面前。一声声招魂曲，招回活化的屈原；一句句离骚吟，唤醒千年的梦想。

　　在这里，有一位已经演屈原演了大半生的艺术家，他就是王群海，当年的秭归屈原艺术团团长，曾多次作为屈原的化身在北京、上海、香港、澳门等城市推介楚文化和屈原文化。

　　观看大型的水上舞台剧《礼魂》，屈原就在我们面前出现了。在这里听他悲情演绎《离骚吟》，一个活化的屈原就这样走近了我们！

梦里水乡微山湖

相约滕州

盛夏七月，骄阳似火。

2014 年 7 月 19 日晨，中国山东滕州市柴里煤矿宾馆一隅，来自甘肃、四川等全国 13 个省、市的著名作家、诗人和艺术家等 50 余人齐聚一堂，共同参加《中国文学》杂志社在此举办的"相约夏季·走进柴里"大型采风文化活动暨龙腾竹泉新书首发式。滕州朝阳喷薄而出，齐鲁诗地笔润芳菲，济南市园林文联主席、著名作家、书法家李炳锋先生激情挥毫泼墨，"亲吻鲁南放飞梦想"，刹那间，这遒劲有力的八个大字熠熠生辉，也炽热了在场的每一个作家、诗人和艺术家的情怀。而枣庄市公安局特警支队支队长、枣庄市诗词联赋家协会主席闫吉文一句"文心似火"，让我们有了更多的体味和回味。

10 时许，在该宾馆二楼会议室，中国作家诗人眼中的最美景点系列之"龙腾竹泉"新书首发式如期举行。人间最美四月天。2014 年 4 月，由《中国文学》杂志社总编、著名作家、诗人、编剧和社会活动家明杰先生主编的《龙腾竹泉——中国作家、诗人眼中的旅游名胜景点（散文、诗歌精品选集）》出版发行后，备受瞩目，迅即在全国各大风景名胜区引起强烈反响；其策划的"相约四季"大型文学、艺术和摄影系列活动随之开启，并于 4 月 11—13 日花落山东淄

博,"相约春天——走进梦幻聊斋城蒲松龄故里文学笔会"完美收官。"龙腾竹泉"新书首发式上,明杰先生开场白掷地有声:"我们将把中国作家、诗人眼中的旅游名胜景点做成品牌,同时期待大家相约四季!"是的,相约春天,我们意气风华;相约夏天,我们豪情满怀;相约秋天,我们踌躇满志;相约冬天,我们积淀了一春的芳菲、一夏的张力、一秋的丰美,因为文学,这何尝又不是一次生命和心灵的相约?!

这就是文学的光辉!诚如李炳锋先生即席创作的诗歌"关于文学"……文学是人类由简到繁的传承 / 文学是钢铁炉里几千个寒热 / 文学是天穹间的苍鹰骏马 / 文学是大自然的花开花落……文学是一个民族文明进程的线条 / 更是漫漫长夜里 / 大地母亲唱响的苍凉情歌 / 文学不是功名符号 / 而是心灵自由的释放和快乐 /……只要有文学 / 人性的光辉就不会泯灭。

因为大自然的花开花落,凝练成我们眼中最美的风景;因为我们心中最真的诗情,我们相聚在滕州。我们走进柴里,哪怕千山和万水,哪怕七月的酷阳和旅途的劳顿。《山东文学》编辑部主任马启代先生说:你心中最美的,就是你眼中最美的!

于我而言:这是一场别开生面的聚会,这是一次独树一帜的旅程!

拥抱微山湖

诗意氤氲的枣庄市滕州,赤色文化闪耀的红荷之地微山湖,在梦中,犹如一朵盛开在我心上的莲,日里夜里盈盈放光,圣洁着我的心魂。儿时起,铁道游击队的身影就丰满着我的思想,相连着我的思念,牵引着我的步伐。

今夏七月十九日的艳阳天,从天府之国,迎着齐鲁之地的朝阳,我终以虔诚的朝圣者之态,一路跋山涉水,微山湖,我来啦!

下午三时许,明亮的酷阳炙烤着大地,但坐上柴里煤矿前往微山湖的旅游大巴，感受煤矿人提供的贴心服务，不禁让远方的我们感到一丝丝清凉的慰藉。

脑海中的电影画面早已不再，悲伤已经成为记忆！但见沿途柳树成荫，桑田成片。小桥流水深处，竟然瞥见山羊们正悠闲地啃着青草，牧羊人则躺在树下吊床中呼呼酣睡。

虽然骄阳晒蔫了微山湖畔片片芦苇丛的长叶，但微风过处，它们竟然也窸窸窣窣地随风摇曳舞蹈着，欣喜地恭迎着作家、诗人和艺术家们的到来。

许是心之灵性使然，游船至湖中心，湖鸥们兴奋起来，从荷塘那边浅翔而来，翩然飘飞，极尽妩媚和风情，羽翼抖落无限的遐思和情韵；清冽的泉水拥吻着画舫，荡起一圈圈激动的涟漪，惊起一两尾懵懂的小鱼儿，调皮地跃出水面，瞟一眼正聚焦瞄准它们的诗人、作家们，便立时惊慌地躲进荷塘；无边的荷叶层层叠翠，一重一重蔓延开去，飘逸出花朵的清香和艳丽，逼得暑气烟消云散；浮云见状低垂于透明的半空，如丝如缕，羞赧凝眸，与远山深情相望；微山的心魄不禁一颤，清晰地把雄壮的轮廓投影过来。刹那间，这水、这荷、这鸟儿，这白云，这山影交相融合，浑然一体，构成一幅立体生动而和谐的画面，晶莹了我的眼眸：这北方最大的淡水湖，拥有如此诗情画意的天地，怎不哺育出丰富的文化和艺术？难怪乾隆的足迹于此停驻过，无数的骚人墨客也曾拜谒过，铁道游击队的队员们怎么能容忍敌人的铁蹄踩破它的美丽和安宁？梦中的水乡储蓄着齐鲁之地的灿烂文明和悠久历史，似一朵清莲在我眼前如此完美绽放，我怎能不倾尽我的思想和才华，拥抱它，描写它，讴歌它？！

走进柴里

微山湖畔，闪耀着一颗璀璨的明珠，放光鲁南，辉映滕州，它就是柴里煤矿。

徐永和，一个响亮的名字，与柴里相连，与煤矿生辉，他就是这里的领头

人——柴里煤矿矿长。

初识徐矿长，还是在当天晚上举行的"相约夏季走进柴里"全国作家、诗人和艺术家采风晚宴上。

壮实的身材，黝黑的面庞，敦厚的笑容，亲切的话语，徐矿长用自己的言行诠释着煤矿工人们的朴实和智慧。

据悉，柴里煤矿是枣庄矿业（集团）公司的骨干生产矿井之一，也是我国第一对厚含水冲积层下开采厚煤层的试验矿井。它地处鲁西南，位于滕州市西岗镇，南接微山湖，西靠京杭大运河，北依五岳泰山和孔子故乡曲阜，东临京福高速公路、104 国道和京沪铁路，并备有 20 公里的矿区铁路专运线，连接东海之滨的煤炭外运码头日照、连云港，交通运输条件极为优越。

企业现有在册职工 1.2 万人，矿井始建于 1960 年，1964 年建成投产，历经三次改扩建，由最初设计的年产量 30 万吨，逐步扩展到 240 万吨 / 年，建矿四十年来累计生产煤炭 4000 多万吨，上缴国家利润 6.6 亿元，成为枣庄矿区的支柱矿井和出口创汇基地。

经过几代柴里人的精心建设，现已由过去单一的原煤生产型企业逐步发展壮大为一个集煤炭生产、矸石发电、煤焦化工、机械修造、电子科技、商贸流通、餐饮服务、国际贸易等为一体的综合效益型现代化企业。

谁说咱煤矿工人不懂柔情？铮铮铁骨汉子们也有他们生命的情韵！矿区建有柴里矿发展规划展览馆、大学校园、艺术团、文体中心活动室等，正是这浓浓的书墨馨香，吸引了来自祖国各地的作家、诗人和艺术家们。当一曲《欢聚一堂》以震撼人心的气势拉开晚宴的序幕，当青春韶华的姑娘们用婀娜的舞姿展现柴里煤矿的希望和明天，当诗人们从心灵深处吟诵关于煤矿工人的诗篇，当著名诗人瓦刀动情歌唱此次夏季的相约，当明杰总编酣畅淋漓演绎《将进酒》的文魂和心髓，此时此刻，没有丝毫的矫情和做作，没有过多的犹豫和不安，所有人的目光在关注柴里，在赞美柴里！翌日，在"相约夏天，走进柴里"中国文学艺术笔会暨安全文化进矿区的启动仪式之后，书画家们又怎么能不挥毫泼墨，抒发心中浓浓的真情和激情？河北沧州画家石立兴的"金鸡一鸣"，柴里煤矿唱响神州；中国名家书画研究院著名画家林子良以竹的气节彰显着柴里；山东书画学会金鹰书画院院长、著名画家王照华笔下生辉，放飞柴里心中的雄鹰；而《中国文学》杂志秘书长、著名诗人、书法家周永一蹴而就赠予柴里煤矿"仁山智水"，济南市园林文联主席、著名作家、书法家李炳锋激情泼墨的"诗意滕州梦里水乡"，让我忘却盛夏的酷阳，让我记住万水千山的征途，让我铭刻心中珍贵的一次相约，同时更期待下一次的相约！

千岛湖 水之灵

"洞澈随清浅，皎镜无冬春。千仞写乔树，百丈见游鳞。"这是南朝人沈约描写千岛湖的著名诗句，也是我记忆中千岛湖的真实写照。诗韵里摇曳出的湖乡柔情画面和清澈碧波，是那样的摄人心魂。江南好，风景旧曾谙，湖水清清绿如蓝，能不忆江南？

那是 2005 年酷夏，我有幸跟随川渝两地的媒体记者朋友们一起来到浙江淳安县，寻梦千岛湖那一幅清丽秀雅的迷人风光和一片醉人的清灵水乡。

骄阳似火，青山隐隐水迢迢。但只要把目光投向车窗外，一颗烦躁的心便平静起来。山野苍翠，蓊蓊郁郁；村庄齐整，富足安详。驶过一片稻田，正是谷禾抽穗的时节，丰收的景象就在眼前完美地绽放。

我突然想起在央视 4 套《远方的家》栏目中看到当地村民们庆祝丰收的场景：他们身着大红的衣服，吹着响亮的曲子，抬着用稻草捆扎的火龙，浩浩荡荡地从田间走过。同行的导游说，千岛湖汾口镇的草龙名闻遐迩，是浙江省省级非物质文化遗产，它曾经还"游"进过上海世博会，引起轰动。草龙的编制和加工，有着非常复杂的工序。其中还传承着一个美丽的传说，每到中秋，村民们都用土材料毛竹、稻草、柴枝条扎成一条 30 余米长的草龙，并在龙身上插上充满希望的香火，舞遍全村能到的每条小街、弄堂，家家户户燃放鞭炮恭身迎接，祈求吉祥和幸福。随着时代的变迁，这个习俗如今渐渐演变为当地的一项文化表演节目了。

我们向往的"千岛湖"是新安江水库淹没了85座山后形成的大小岛屿，共有1078座，称为千岛湖。其中最大的岛为界首岛，面积1320公顷，最小的岛为龙珠岛，面积仅0.24公顷。千岛湖蓄水量为178.4亿立方米，湖水平均深度34米，湖中岛屿森林覆盖率达82.5%，年平均气温17℃，水温14℃。

傍晚时分，我们终于到了千岛湖，就宿于湖中岛屿一个幽静的酒店。青松林立。山风习习。风吹过，暑气顿消。苍松下，亭台前，看夕阳西下，夕晖涂抹了视野的每一个角落；湖面波光粼粼地，像撒满了碎金；湖中岛屿星罗棋布，宛然玉盘里盛满的珍珠；夜鸟归宿，几声竞鸣间，整个湖泊就被青、绿和橙黄调色成一幅绝美的画布，真道是落霞与孤鹜齐飞！尘世的喧嚣不再，红尘的烦恼亦抛却，只想在这千岛湖中的一个岛上，变成丛林中的一片绿叶，与之长相守；抑或是幻化成湖中的一滴水，潜进深深的水底，享受鱼儿们的爱恋和亲抚，与之永共存。

是夜，直奔县城。宽阔的街道干净整洁，像水洗一般，又有着鲜花和绿树点缀，生机勃勃地，无不彰显出一个江南小城独有的魅力与气质。广场上人最多，游客们来自四面八方，欢声笑语不断。秀水街上刚举行了泼水节。简单的音乐，简单的舞蹈，人们却群情激奋。我不知道是不是千岛湖的水，在瞬间激发了人们的热情，在远离都市的山之中，在暑气逼人的季节，以自己几十米之深的清透，酣畅淋漓地沐浴着人们的身心。

我最感动的是来自千岛湖深处的鱼儿，它们聚集在县城的水族馆里，用最美的身姿，迎接着来这里游玩的每一个人欣赏的目光。千岛湖的鱼儿是离不开这里的水的。据说曾经有人把一批鲜活的鱼儿运到首都北京，但它们并不适应当地的水资源，几乎都死了。后来有智者用来自千岛湖的矿泉水喂养，才得以存活。

领队告诉我们：千岛湖拥有80万亩水面，87种淡水鱼，湖面宽的地方近四千余米，湖水最深的地方有100余米，最大的鱼达100多斤。在这样大这么深的湖中要捕多鱼捕大鱼，必须采用巨网捕鱼。千岛湖巨网捕鱼被称为"中华一

绝"。有丰富经验的渔民选好渔场后，便由两条大船带着巨网捕捞队数十条船只和数十位渔工浩浩荡荡驶去。两只船队就像两条巨龙在湖中起舞。时快时慢、时高时低、时而摇头时而甩尾，如蛟龙嬉水般，千姿百态的场面形成了千岛湖的第一道亮丽景观。

渔船到场后，先在两头约3公里处各设一道70米高的栏网，称为封锁线。然后又在鱼儿最容易逃跑的地方设立一个进得去出不来的簸斗网，也叫埋伏圈。最后在两道封锁线之间间隔有序地投下三层挂网，引鱼入内。在渔工们投放三层挂网时，数十条船只宛然少女们在千岛湖这个大舞台上翩翩起舞，娇媚动人，形成了巨网捕鱼的第二道景观。

当鱼儿们都进入簸斗网埋伏圈后，几十名渔工们便开始慢慢收网。顿时，湖面水花飞溅，网内大鱼翻腾跳跃，群鱼狂舞，景象十分壮观。千岛湖巨网捕鱼，一网可捕数万斤到十余万斤的鲜活大鱼。无数条大大小小的鱼儿跳出水面，犹如水上的芭蕾舞精灵。青山绿水也因此而生动起来。

翌日上午，有一层淡淡的雾岚飘绕在湖面，千岛湖仿佛被蒙上了一层神秘的面纱。我们登上游艇，随着一声长长的启迪声，我们直往最深处的湖中心驶去，我们要去取出千岛湖最深处的水，尝尝它究竟有多甜。不多时，我们就到了目的地。当工人从湖中心深处取出那清清的湖水时，甘甜的湖水浸润了我的心灵。我终于明白为什么从这里搬运出去的矿泉水会受到那么多消费者的喜爱，不只是那句广告词：你每多喝一瓶农夫山泉，就多给山区孩子捐了一分钱。千岛湖的水是纯净的，千岛湖的人是淳朴的！

难怪海瑞会在湖中最美岛屿龙山留下历史的遗迹，因为有这里的水哺育滋养，才有他如此清廉的一生被世人赞誉。山中寺庙那三个挑水和尚的坟茔和传说，也越发给这里的水增加了神秘和传奇。

朔流而下。去感受清代诗人黄景仁的"一滩复一滩，一滩高十丈。三百六十滩，新安在天上。"的奇美景象吧！

我们还没到新安江水库的堤坝，远远地就听见了瀑布的轰鸣声。导游说以前整个上海都是由这里供电，我就在想象千岛湖的雄壮和伟岸了，该有多深厚的水力，才能给这么多人以光明呢？据书载：新安江水电站建于 1957 年 4 月，是新中国成立后中国自行设计、自制设备、自主建设的第一座大型水力发电站。为此，淳安、遂安两县共淹没 49 个乡镇，1377 个自然村，移民累计 29.15 万人。电站建成前，常因山洪暴发，江水陡涨，新安江两岸田淹房毁，人民深受其害。电站建成后，避免和减轻了下游 30 万亩农田的洪涝灾害。它也是中国水利电力事业上的一座丰碑、中国人民勤劳智慧的杰作。

一路走来，我被深深感动：曾经从库区迁移的人们，做出巨大牺牲后，依然在他乡创造着幸福，并传承着传统的文化和生活。是千岛湖深深的水，滋养了这一方的水土，赋予青山鲜活的生命力；是千岛湖清清的水，哺育了这一方的人们，才绘就出这一幅美妙的江南水乡图。

▍我是海安的一只河豚

是在一个春风沉醉的晚上，栖身巴蜀内核的我，陡然惊觉一股不可言说的力量拖拽着我，随着暴涨的江水浮沉、漂移；滔滔江水一路披荆斩棘，越山川、过滩涂，最后才把我搁浅在一个宽阔平坦的低洼地——苏北海安。

我喜极而泣。我是巴山的儿女，从有生命和思想的那一天起，纵横的丘壑和阡陌却并未阻断我东望的目光和远行的脚步。在心流离青墩这方土地的一刹那，仿佛隔空离世，在苏北，在一个叫海安的秘境幽地，我听见了六千年前人类文明叩击时光的声音。我看见了着兽皮的先民们，虽茹毛饮血，却奔跑跳跃在太平洋东岸太阳升起的地方，用石头开垦海滨这块肥沃的土地，手舞之足蹈之，直至种植出一棵璀璨的文明之花。是夜，当明亮的闪电划开我头顶的天宇，历史像条巨龙游弋进我的脑海，我惊讶地发现人们正打开尘封的土地，如获至宝地跪谢在先民创造的神话帝国里。在中国这个美丽的海边小城，青墩遗址灼灼放光，燃烧了我的眼眸，使我不得仔细辨认那刻在麋鹿角上的符号，我也怕它点燃我体内奔流的那些细小血管，让我魂泊异乡。

史载：青墩遗址属于新石器时代遗址，文化堆积属于良渚文化范畴，发现于2002年，自2007年开始大规模发掘。出土了大量精美的石器、玉器和陶器。其中有柄穿孔陶斧，被誉为"中华第一斧"；刻纹麋鹿角的发现，被称作"东方第一卦"；鹿角回旋镖是在亚太地区最早创造和使用的狩猎工具，为我国首次发现；长江北岸五六千年前的"干栏式"建筑，为我国首次发现。青墩遗址各类遗迹组合丰富，空间分布完整，地层清晰，遗物时代明确，这对宿迁地方历史研究，以及战国、秦汉社会变迁背景下的乡村社会考古学研究，均具有重要意义。另外，对于海安地方史的研究、探索长江南北新石器时代诸文化关系意义重大。该遗址已于 2006 年 5 月 25 日被国务院核定为第六批全国重点文物保护单位。

人类的发现，更是海安绚烂悠久历史文化的佐证。海安有文字记载的历史当在西汉以后，东晋及唐朝曾两度置县。而海安人烟渐稠，演化为镇，则是在宋朝。北宋的《元丰九域志》载："海陵县，有海安、西溪二镇。"

我眼神越来越明亮，思维越来越清晰，精神也越来越充足。柔和舒缓的梦境抚慰了我一颗孤独而苍凉的心，心之所属的竟是苏北的这个小城——海安了。

心安处即故乡。那么我此刻的脉搏是跟随着海安里下河的汩汩流水而跳动的了。那些细小的血管在我体内密布，闪耀着我家门前小河的波光，它们初始窃窃私语，最后兴高采烈地欢呼着江与河的汇合。烟花三月的苏北小城，柔情蜜意的里下河平原，满目的金黄，是遍地的油菜花，开得朴实而热情，开得惊心动魄又激情奔放，蛊惑着我投入它的怀抱，接受花儿的抚摸和亲吻。它极像一个撑着油纸伞的姑娘，从唐诗宋词的婉约意境里走出，从桨声灯影里的秦淮深处走来，弥散着丁香一般的芳香和情结，不由得就挽住我的臂膀，进入她的秘境幽地。

我已经化身成一尾鱼了吗？游弋在里下河的心海中。飞絮的柳花抛洒着热情，亲吻着清澈的水面；河水倒映着远山和近影，那山是一片逶迤连绵的群山，从西部一路跋涉而来，那水是江河的风姿，从峡谷呼啸而出；高山、江河和大海倾情演奏成一首激越的交响曲，在海安之地完美地交融。

忽然，从一个古色古香的建筑物里，传出"咚咚咚"的锣鼓声，震撼了我的魂魄。这是苏北的庙会吗？那么它是从鲁迅的笔下走进我的视野里来了？这质朴得像河岸野草的民俗传统，瞬间拉近了历史和现代的距离，传承着皖浙大地的古风魅力。金黄色的旷野中，一种激昂喜悦的舞蹈跳起来了，这又是苏北海安的省级非物质文化遗产——民间传统舞蹈苍龙舞。看一条巨龙在旷野中腾飞，看小城

的人们载歌载舞。"苍龙舞起来，花鼓敲起来，好人好梦好家园。"海安人用自己的方式庆祝着盛世华年的美好生活。苍龙舞起来，舞出的是一片新天地；花鼓敲起来，敲出的是一首新乐章。有如此勤劳的海安人，难怪海安会吸引世人钦羡的目光。

苏中要塞海安美，海陵胜地多人杰。江河润泽的海安，又称"三塘"。这一雅号不知起于何时。据传唐时海安的芙蓉塘、白鹭塘、鸥鸟塘已颇有些名气，而以芙蓉塘名声最盛，所以也称海安为"蓉塘"。我单单钟情于这个"蓉塘"，一念起芙蓉，仿佛看见杜甫峨冠锦带吟诵"花重锦官城"的美妙意境。想来巴山蜀地和海滨之地也是一脉相承的，只不过前者山之骨在石，后者山之趣在水，有水便生花草树木，便有羽禽栖息，实是出于自然。海安既无名山，又无大川，故而水塘清冽，花木繁荫，足以使文人雅士驻足流连，赏赞不绝。小城因此平添了几许诗情画意。

但凡人心皆是不足的。到了清代，海安人似犹嫌"三塘"不足，又刻意搜集佳处妙境而为"十景"：东郊文社、南城桃坞、西寺晚钟、北园菊圃、凤山早霞、三里风帆、镜虹水阁、韩阡翠柏、双桥曲径、桂岭秋香。清人章士锦《凤山书院会文赋》中，开篇即是："吴陵巨镇，厥为三塘……"而李襄则有诗云："野鸟浮沉尽日闲，溪清屋白远尘寰。沿堤柳市无边际，近海桃源属此间。"萧海清更将"十景"——赋诗赞道，那势态毫不羞赧。听着如此婉约柔媚的十景名字，我能察觉体内的湿气在蒸发，水乡的娇媚融合进了我的骨骼。

江河不会告诉我，这片土地曾经发生的惊心动魄的往事。但是历史之鞭抽打过我的骨骼。这里有南宋文天祥为兴兵抗元留下的"自海陵来向海安，分明如度鬼门关"的名句；有海安陵园东北巍然屹立着的"苏中七战七捷"纪念碑，讲述着刘少奇、陈毅、粟裕等老一辈无产阶级革命家留下的传奇故事。苏中七战七捷又称苏中战役，1946年7月13日—8月27日华中野战军以3万兵力迎击美式装备的国民党军12万之众，连续作战七次，仗仗奏捷。在政治上、军事上具有极其重要意义。

时光荏苒，消融了这片土地的是是非非。虽然战火摧残的“三塘”“十景”中有的已面目全非，有的则已荡然无存。然而，古三塘曾养育出徐熠、陆舜、张符骧、陆儋辰、韩国钧等风流人物，至今小城人仍能吮吸到深蕴三塘的灵秀之气。当今的海安人自然不让于古人，不满足于修墙补壁的工匠之举，他们要将古镇建成流溢诗情画意、属于大众的新城。1956 年冬，海安城脱胎换骨的工程，在万余名民工的号子声中拉开序幕。

我穿过历史的烟云，心里盛满三峡纤夫的歌吟，眼眸摄过古代先辈们流汗的背影，定格在海安这片新时代的地标上。来往的帆船像海那边初生的旭阳，灿烂了我的心怀。哦，通扬运河——古称邗沟，始建于西汉文景年间，即公元前 179 ～前 141，由吴王刘濞主持开凿。用以运盐，亦称运盐河、盐河。经历代改建和延伸而达南通。清朝宣统元年（1909）改称通扬运河。现今通扬运河西起扬州市东郊湾头，与里运河相接，东经江都县、泰州市、泰县至海安县与串场河相会，再折向东南，经如皋县至南通市入长江，长 150 公里。偕同纵横交错、四通八达的道路网，把海安相衔于全世界。梦中的水乡，你这又是从历史课本中跳下来，刺激着我的心魄吗？这贯通江苏省南通、扬州二市的人工河道，这成为南通、扬州二市及其沿岸各市、县的主要航道的新命脉，是不是已经和我的血液一起奔流了？

沐浴着江南的杏花雨，在海风的亲吻和拥抱中，感受着江河的心跳，我惊觉自己已经幻化成了海安的一只河豚，在春风沉醉的晚上自由地穿梭，傲然地表演着中国河豚之乡的美妙和传奇。不再醒来！

“青墩文化五千年，三塘十景海安美。”沐浴着改革开放的春风，海安正发生着翻天覆地的变化，那江在见证，那河在诉说，那海在演绎，那人在传承！

┃ 创造幸福　分享快乐

永远记得那一次峨眉山之行。

那是一个深秋的早晨。在成都，我和来自全国各地的十几个旅行者，同时被当地旅行社转"卖"给了蓉城的一家旅行社。大巴士载着我们这群"散兵游勇"，以不可当的锐气，拨开雾岚，向着峨眉山挺进。

五湖四海的人们汇聚在此。东北一家三口人，已届不惑之年的母亲，正在车上喋喋不休地向北京一独身中年知识妇女传授养颜术，并自豪地展示她那张雀斑密布的脸。其"洪亮"的声音让大家很反感。大高个儿的儿子先就红了脸，丈夫尴尬地使劲儿扯妻子衣袖，像木偶操纵者。辽宁来的一对情侣相互偎依着睡觉，羡煞众人。另有几个西安来的大学生，兴致盎然。还有一对闭目养神的山东老夫妇。

到峨眉山入口处，守门员"验明正身"后，就有工作人员问我们是否坐缆车到山腰。望着遥不可测的山顶，东北大婶一句"我的妈呀"吓倒了一群人。正当我们朝缆车走去时，没想到山东老人语出惊人：大家爬山吧，我带领！

老人原来是大学教授，退休后和老伴享受夕阳之美。身体硬朗、脚步稳健的他，和老伴相携，在弯弯的山道上，成了"群龙"之首。望着白发苍苍的老人，激情在大家心中澎湃。大学生们唱起了山歌，显得朝气蓬勃；东北大婶热情地拿出橘子分给众人，其实她真的很美丽；那对恋人一路编织着花环，爱情就像秋天的果实，散发出醉人的馨香……

　　大家一路吆喝着、说笑着、歌唱着，汗流浃背地到达山腰时，久违的太阳露出笑脸。一个轿夫说：已经有几个月没有见到太阳了！喷薄而出的金光照耀着我们的脸庞，所有的辛劳一扫而光，心灵的距离也彼此接近。

　　那以后，旅途中我们相携相扶的背影，永远定格在我的脑海。走过沧桑，走过岁月……旅途留下的温暖，却不会随着时间的流逝而消逝，它与青山绿水一起，已经融化在我的魂魄里。

　　后来调到旅游局工作，一种和谐的氛围让我感觉到了一个温暖的大家庭，这里的每一个成员都关心、支持和帮助过我。我感觉是幸福和快乐的！其实幸福就是自己的一种体味和感受！这是我的理解，它所诠释的内容可以大，比如国家的长治久安；也可以小，比如一个深情的拥抱、一个真诚的微笑和一句深情的祝福，都能牵动心弦，震撼心灵。幸福需要经营和创造。有些是我们创造的，有些是别人创造的。尤其对于一个在旅游行业工作的人来说。我所体味到的幸福，更多的则是那些像萤火虫一样闪烁在我身边的细微事情。

　　有一件小事于我心底记忆特别深刻，那时我才到旅游局不久。那天是国庆黄金周的第二天，我值班。上午十点左右，接到一个游客打来的电话，她说自己一大家人来自成都，正前往南充西山风景区的路上。听说嘉陵第一曲流很好玩，想自驾游去，但是不知道路怎么走。我拨通了辖区旅游局的值班电话，但是工作人员说这个不属于旅游局管，应该是下属镇管辖，请游客自己查114解决。我挂了电话，坐了一分钟。想了想又拨通了辖区旅游局的值班电话："游客到我们南充旅游，我们不应该让他们去拨打114呀?!"那边的声音立即爽快起来，"好的，请她拨打我们的电话！"我立即通知了刚才那位游客，并嘱咐她如果遇到什么麻烦，立即拨打我的电话。这位游客非常高兴，连声谢谢！那一刻，我们共同创造了幸福！也共同分享了快乐！

　　那年春天，我们举行了四川南充首届夏季旅游营销，成渝两地知名媒体和旅行社老总们来到阆中古城，当晚入住古城里的杜家客栈。在民俗会演期间，欢乐

的浪潮掀翻了小院，游客连连叫好！其中一位游客对我说：你们搞得这么好，应该出来说几句呀！那一刻，我真正地体会到了什么是创造幸福，分享快乐！

在创造幸福的路上，有平凡的人，也有着卓越的人。有次去阆中，与中央电视台《走遍中国》温普庆导演和其摄制组一起，为拍片准备素材。我们寻访了阆中几乎所有的景点，关于风水的天宫院、观星楼、博物馆、风水馆等；确定了要采访的人，下午开机拍摄。没想到刚把器材设备弄上华光楼，一场大雨就来了，刚好抓拍。那几天好累，但是也很充实和开心。温导对我说：他们几个每天只能睡觉几个小时，但是能让全世界的华人都看看阆中，好漂亮的！那一刻，我很感动，他们在创造着幸福！让所有的华人分享着快乐！

我最怀念的是庐山之行。饭后，沿着小镇的青石板走了一圈，看山上的灯光点点，与天上的月亮辉映，把这座名山的夜晚装点得神秘而动人。粗壮的梧桐树干在街面上投下斑驳的影子，鞋跟敲打地面的声音便打破了小镇的宁静。夜宿酒店，庐山的夜静谧而舒适，像异乡的丝绸，紧紧地包裹住我的灵魂，沉醉其中，不愿醒来！这是大自然给我们创造的幸福！

人生本来是在旅行，我希望我的每一个驿站，都与快乐同行！经常有人不解地问我：你这么多时间，怎么打发呢？我很纳闷：生命于我们这么宝贵，生命的光阴就像储蓄，用一些就会少一些的，为什么要去浪费呢？为什么要去打发呢？

我会一个人静静地走进山林，投入自然的怀里，周围的山野花草用那鲜嫩的绿和清新的香洗净我一周的疲惫。或者高飞的风筝，或者飞翔的白鹭，还有菜农勤劳的身影，所有的风景都在眼前完美地绽放。这是大自然给予我们美丽的音符。山川与草木、蝴蝶与蜜蜂……交织而成孟夏绚烂的画卷。我看见了垂果的桐子树，看见了弯腰的麦穗，看见了紫红的桑葚，看见了墨黑的豆荚……花开花落，枯又荣回。我清晰地看到一个人生的画卷：童年、少年、现在、将来……人生本是在旅行，唯有心灵的纯净才会同这美妙的自然融合，见证永恒！

人在画中游，才会拥有如此充实、幸福和快乐的心境！